트레샤 퓨전 판타지 장편소설

WISHBOOKS FUSION FANTASY STORY

파왕성 플레이어

마왕성 플레이어 5

트레샤 퓨전 판타지 장편소설

초판 1쇄 찍은 날 | 2019년 6월 11일
초판 1쇄 펴낸 날 | 2019년 6월 18일

지은이 | 트레샤
펴낸이 | 예경원

기획 | 위시북스
편집책임 | 이규재
편집 | 위시북스

펴낸곳 | 예원북스
등록번호 | 제396-2012-000132호
등록일자 | 2012. 7. 25
KFN | 제1-422호

주소 | 경기도 고양시 일산동구 호수로 646-24 위너스21 II 빌딩 206A호 (우)10401
전화 | 031-819-9431 팩스 | 031-817-9432
E-mail | yewonbooks@naver.com

ISBN 979-11-6424-331-0 04810
979-11-6424-172-9 (set)

※ 이 도서의 국립중앙도서관 출판시도서목록(CIP)은 서지정보유통지원시스템 홈페이지(http://seoji.go.kr)와 국가자료공동목록시스템(http://www.nl.go.kr/kolisnet)에서 이용하실 수 있습니다.

Wish Books
트레샤 퓨전 판타지 장편소설
WISHBOOKS FUSION FANTASY STORY
마왕성
5
플레이어

파왕성
플레이어

CONTENTS

◀ 31장 ▶
기억의 꽃

[시스템 오류 제거.]

[하멜의 침입자들을 소멸시켰습니다.]

[하멜의 시스템이 정상 작동하기 시작합니다.]

유희를 즐기기 위해 하멜로 방문했던 사신들이 영면에 들었다. 혼란을 몰고 왔던 강제 미션은 일부 사망자를 남긴 채 종료되었고 대륙은 다시 본래의 형태를 되찾아가는 듯싶었다.

"이번에는 또 무슨 짓을 하고 온 거지. 자칫 잘못하면 일정이 심각하게 틀어질 뻔했어."

"……벌써 두 번째."

"뭐?"

깍지를 낀 채 자리에 앉아 있던 태현이 인상을 굳혔다.

오감을 자극하는 살벌한 기류.

뒤늦게 그가 귀환했다는 소식을 듣고 길드 아지트로 방문한 아놀드는 예사롭지 않은 분위기에 입을 꾹 닫았다.

'그때와 똑같아. 분명 등급상으로는 몇 단계나 차이가 날 텐데. 이 꺼림칙한 느낌은 뭐냔 말이야.'

권좌에 앉아 진영을 대표하고 있는 플레이어조차 식은땀을 흘리게 만드는 살기다. 온갖 비밀을 숨기고 있다는 것은 진작에 알아챈 아놀드였지만 그를 이용하기로 결심한 이후로도 점점 더 의문들은 늘어만 갔다. 반면 아놀드를 가만히 세워두고 있던 태현은 눈앞의 메시지를 보며 이를 갈았다.

[히든 보스 최단 기록 랭킹]

[1위. 비공개]

[2위. 비공개]

[3위. 비공개]

[4위. 이창석]

'벌써 두 번째나 뺏겼어. 그것도 승리를 자신하고 있던 강제 미션까지. 어떻게 이럴 수가 있는 거지.'

등급, 능력치, 스킬, 장비, 히든 피스 등 모든 면에서 앞서고 있다고 여겼다. 미리 저항력 장비까지 챙겼기에 뇌신수만큼은 한발 빠르게 처리할 수 있다고 생각했건만, 휴먼 메트로에 이어 자신의 예상이 두 번째로 빗나가 버렸다.

"……거울성에 대한 문제입니까?"

"음, 그렇지. 네가 말한 대로 이미 회의에서 얘기는 다 끝내놨으니까. 그다음으로 인원 배치와 진입 순서 등 공략 문제가 시급할 테지. 이번에는 마왕성 침입 때처럼 멋대로 하면 곤란해, 유태현."

"경고입니까, 아니면 충고입니까?"

단검을 만지작거리던 태현이 눈을 치켜떴다.

그 순간, 비무장 상태이던 아놀드의 손에 냉기가 서린 검이 소환됐다.

"유태현, 네가 어떤 비밀을 숨기고 있는지는 모르겠지만 널 고용한 게 나라는 것을 잊지 마라. 참아주는 데도 한계가 있으니까."

"그렇군요. 그런 거였죠. 잠깐 제가 잊고 있었습니다. 사과드리죠, 아놀드 파커 님. 자, 그러면."

살며시 떠지는 실눈 사이로 묘한 눈빛이 드러난다.

파이칸 고대 유적지에 도전하기 직전 반드시 거쳐 가야 할 거울성 공략이다.

두 번째까지 빗겼다면 세 번째부터는 좀 더 놈에 대한 평가를 높여야 할 터.

"어떤 쥐새끼도 드나들지 못하도록 제대로 계획을 짜보도록 하죠."

고용찬. 아직까지 어떤 정보나 발자취도 보이지 않는 그가 점점 자신의 예상 범주를 넘어서고 있었다.

"뭐? 그러면 소환될 때 내 장비들은 다 벗겨졌다 이거야?"

"그, 그렇습니다. 우선 진정하시죠. 루시엔 님."

"내가 진정하게 생겼어. 이딴 옷이나 입고 플레이어 놈들 미션 속에 들어갔다 나왔는데!"

사신 아카데미로 소환된 것은 마계 시간으로 정확히 5시간 전. 다행히 별 탈 없이 무사 귀환한 바쿤의 병사들이었지만 복도에 옷이 널려 있었단 사실에 금세 루시엔이 펄쩍 뛰어올랐다.

그레고리는 식은땀을 삘삘 흘리며 위아래로 흔들리는 치마에서 시선을 뗐다.

"에이. 그래도 이런 옷을 얻은 게 어디에요. 전 솔직히 마음에 드는걸요?"

"넌 정상적으로 바지랑 셔츠를 입고 있잖아. 나는 이런……."

헥토르의 말에 반박하던 도중 자신도 창피하다는 것을 느낀 것인지 양 볼이 붉어졌다. 루시엔은 이를 바득바득 갈며 그레고리에게로 손을 내밀었다.

"아, 아무튼 얼른 내 옷들 내놔. 바로 갈아입을 거니까!"

"그게……."

"뭐야. 설마 없는 거야?"

"그건 아닙니다만. 지금 잭 펠터님이 내구도를 수리하기 위해 잠시……."

쾅!

엎친 데 덮친 격이라고 했던가. 미처 말을 끝내기도 전에 두 번째로 교복을 입은 용병이 들이닥쳤다.

"크. 당장 내 장비를 내놔. 이딴 옷을 입고 어떻게 마왕을 찾아가란 소리냐!"

"로, 록시 님."

두 명의 여성이 동시에 따지고 들자 정신이 아득해지는 그레고리였다.

[〉ㅅ〈]

그것을 아는지 모르는지 쿨단은 새로운 플레이어 복장에 즐거워하는 상황. 그렇게 1층이 시끌벅적해지자 자연스레 다른 병사들도 방 안으로 몰려들었다.

"페펭. 너희들은 잠도 없냐. 시끄러워서 도저히 잠을…… 오옷?"

"키에엑?"

"키엑!"

위르겐, 칸, 켄이 동시에 입을 떡 벌렸다.

순식간에 병사들의 시선이 록시에게로 쏠리자 그녀는 처음 겪는 상황에 당황하며 얼굴을 붉혔다.

"뭐, 뭐냐. 그 시선들은?"

"헤에. 확실히 몸매로는 역시!"

곁에 함께 서 있으니 더욱 비교가 되는 루시엔과 록시. 어떤 의미로 빈부격차(?)가 느껴지는 두 명의 몸매에 헥토르가 입가를 말아 올렸다.

"으으으. 더는 못 참아. 죽어, 이것들아!"

"끄아아악. 사, 살려주세요, 누님!"

"페페펭. 도망쳐라!"

결국 루시엔이 폭주하기 시작하면서 1층은 단숨에 난장판이 되었다. 하지만 그러던 도중 방문을 열고 들어온 마왕의 모습에 일순 분위기가 고요해졌다.

"다들 뭐 하고 있는 거지?"

가장 먼저 눈에 들어오는 것은 헥토르의 볼을 잡아 늘이고 있는 루시엔. 그다음으로는 병사들에게 살기를 풍기고 있는 록시였다.

"아으아. 마, 마왕님임. 살려주세요."

"무슨 일이냐."

"에헤헤헤. 마왕님도 보시면 아시겠지만 역시 차이가 나지 않아요?"

잽싸게 루시엔의 품에서 벗어난 헥토르가 두 명의 몸을 가리켰다.

확실히 발육 면으로 우월하기 그지없는 록시.

용찬은 한눈에 들어오는 풍만한 가슴에 고개를 끄덕였다.

"그렇군."

"뭐, 뭣?"

"일단 록시, 넌 나를 따라와라. 할 말이 있으니."

갑작스러운 마왕의 부름에 록시는 당황할 새도 없이 그를 따라 최상층으로 올라가게 됐다.

물론 방을 나서자 루시엔이 다시 폭주하는 소리가 들려왔지만 신경 쓰지 않아도 될 터. 지금 중요한 것은 오히려 용찬이었다.

'방금 그 말의 의미는 무엇이지. 아니, 그것보단 갑자기 날 따로 부르는 이유는 뭐야. 역시 소환 때문인가.'

분명 차후에 설명을 해준다고 말했던 그였지만 괜히 아까 전 대답이 신경 쓰였다.

반면 자신의 몸을 슬쩍 내려다보는 록시와 달리 용찬은 거울성에 대한 생각으로 머릿속이 가득 차 있었다.

'대, 대형 길드가 무려 여섯 곳이나 협력한다는 것 같아요. 공략을 주도하는 것은 하이드 길드라고 하던데 아무래도 유태현이란 사람도 함께할 것 같다네요?'

하나와 채은에게 미리 소식을 전달받긴 했지만, 그녀들의 정보는 완벽하지 않다.

게다가 벌써부터 자리를 잡고 거울성 근처에 주둔지를 개설한 대형 길드들. 그 많은 플레이어를 뚫고 내부로 진입한다는 것은 보통 어려운 일이 아니었다.

'그래도 한 가지 가능성은 생겼어.'

등 뒤로 느껴지는 록시의 시선. 최상층에 도착한 용찬은 옥좌에 앉아 단도직입적으로 본론을 꺼냈다.

"이미 한차례 겪어봤을 테니 대충 예상은 하고 있겠지?"

"무, 무엇을 말이…… 말입니까?"

"플레이어 미션 말이다."

잠시 다른 길로 새고 있던 록시가 뒤늦게 정신을 차렸다.

루시엔을 통해 이미 들어서 알고 있었지만 분명 자신이 이동했던 곳은 플레이어들만 다닐 수 있는 미션 속이었다.

마왕이 플레이어 시스템을 이용할 수 있다는 것은 금시초문.

"설마?"

"그래. 바쿤 병사들의 탁월한 성장력에는 이런 비밀이 숨어 있었지."

제이먼과 함께 침입 저지를 지켜봤던 록시는 그제야 눈치챘다.

"마족들은 플레이어 아이템에 대해 그리 깊게 파고들지 않아. 수백, 수천 년 동안 대적하고 있는 관계인데도 말이야."

"……하지만 그렇다고 해도."

"일찍이 장비를 모아왔던 나는 플레이어 시스템을 이용할 방법을 찾아냈지. 74위이던 바쿤이 어떻게 50위까지 단숨에 올라갔을까? 답은 간단해. 바로 이것들 덕분이지."

간단히 장비를 꺼내 보이자 의심스러운 눈동자가 살며시 흔들린다. 거의 다 넘어온 것을 직감한 용찬은 하이델 가주를 언급하며 마무리 작업에 들어갔다.

"얘기는 대충 들었다. 인간의 피가 섞인 마왕의 아이. 확실히 후계자의 자리를 노리기엔 주변 시선들이 마땅치 못하지. 어때, 네 생모를 만나보고 싶지……."

콰아아앙!

뼈아픈 진실을 건드린 것일까.

록시가 마력을 이끌어내며 살기를 드러냈다.

"그딴 사정 따위 이제 더는 신경도 쓰지 않아. 다신 그런 얘기, 입에도 올리지 마라."

"그래. 확실히 너도 알고 있을 거야. 그런 사소한 것들을 묻어버리기 위해선 오직 힘밖에 없지."

파지지직!

"크윽!"

단숨에 검은 뇌전을 발출시킨 용찬이 록시를 발로 짓눌렀다. 위에서 아래를 내려다보던 용찬은 살벌한 기세를 피우며 입가를 말아 올렸다.

"나를 따라와라. 네가 그리도 원하던 힘을 주마."

"……힘이라고?"

"그래. 감히 누구도 건드리지 못할……. 그 정도까지 널 끌어올려 주마."

광기에 휩싸인 마왕 본연의 자세. 오직 약자 위에 선 강자만이 표출할 수 있는 위압적인 기운에 절로 입이 열렸다.

"하겠…… 아니, 따르겠습니다."

[호감도]

[루시엔:62%]

[쿨단:82%]

[헥토르:92%]

[록시:39%]

'이제 록시도 여러 가지로 활용할 수 있을 테지. 그나저나 루시엔의 호감도는 언제 또 이렇게 높아졌지?'

록시를 정식으로 합류시킨 후 살펴본 병사들의 상태창은 이전보다 많은 변화가 있었다.

[루시엔:뭐가 그렇다는 거야. 내 몸매가 어때서!]

특히 루시엔은 예상과 다른 쪽으로도 심리 변화를 보였다.

용찬은 인상을 구기며 고개를 돌렸다.

"그래서. 그 교복은 언제까지 입고 있을 거지?"

"큭. 나도 입고 싶어서 입고 있는 게 아니……."

"존대."

"으으읏!"

얼굴을 붉히며 씩씩거리던 록시가 이내 등을 돌렸다. 아무래도 루시엔과 비슷하게 태도를 바꾸는 데까지는 다소 적응 기간이 필요할 듯했다.

용찬은 방을 나가려는 그녀에게 로브를 던졌다.

"……이건?"

"프뤼켈의 로브다. 착용하고 다녀라. 전보다 마력 위력이 상승할 테니."

"……."

잠시 입을 우물쭈물하던 록시가 마치 도망치듯 방을 빠져 나갔다.

'쯧. 여간 손이 가는 게 아니군. 그러면 일단 보상부터 확인해 볼까.'

아직 확인하지 않았던 사신 아카데미의 보상들. 홀로 방에 남겨진 용찬은 바닥에 네 개의 보물 상자를 꺼내놨다.

[행운의 랜덤 박스(하급)]

각 수업을 통과할 때마다 확정되는 랜덤 박스는 다른 보상들과 달리 행운 능력치가 적용되는 아이템이었다. 따로 히든 보스에 대한 보상도 얻긴 했지만 이것을 통해 가장 먼저 노려야 할 것이 있었다.

'행운 능력치가 가장 높은 병사가 있었던가.'

가볍게 병사들의 능력치를 쭉 살피던 용찬의 시선이 한 부분에서 멈춰 섰다.

최근 존재감이 급격히 떨어졌던 마족. 전투 때마다 자연스레 잊혀졌던 한 명의 행운 능력치가 예상보다 높은 수치를 보이고 있었다.

"그레고리, 놈을 데려와라."

-아하. 그분을 말씀하시는 거군요. 알겠습니다.

척하면 척이라고 했던가.

자신의 서포터를 담당하고 있던 그레고리도 이젠 어느 정도 적응을 한 것인지 잽싸게 그를 최상층으로 데려왔다.

"절 부르셨다고……."

"잘 왔다. 우선 이것들부터 열어봐라."

"……예?"

바쿤의 유일한 치료술사. 나름 곱상한 이목구비로 저택 내에서 주목을 받았던 로드멜이 두 눈을 깜빡거렸다.

"이 상자들을 말씀하시는 겁니까?"

"그래. 너를 믿어보지."

"……."

은근 부담감이 심해지는 상황 속에서 용찬의 집요한 시선이 느껴졌다.

일단 마왕의 명령이니 까라면 까야 할 터.

잠시 머뭇거리던 로드멜은 한숨을 내쉬며 첫 번째 보물 상자를 택했다.

"이, 일단 이것부터 해보겠습니다."

천천히 열리는 상자의 뚜껑.

그 순간, 상자 안에서부터 강렬한 빛들이 뿜어져 나왔다.

"오오오오. 이것은?"

문 앞에서 구경하고 있던 그레고리의 눈동자가 휘둥그레지는 순간이었다.

강제 미션 보상은 특정 확률 보상이 존재한다.

행운의 랜덤 박스 결과물 중에서도 유일하게 레어급에 달하는 아이템. 슬슬 플레이어 아이템이 떨어져 가는 시점에서 이번 기회는 반드시 살려야 했다.

하지만.

"이, 이것은 황금 빗자루?"

첫 번째 상자부터 좋지 않았다.

용찬은 금으로 도색된 황금 빗자루를 보며 이마를 짚었다.

유독 청결에 신경을 쓰는 집사, 그레고리는 눈을 반짝이고 있었지만, 자신이 원했던 것은 이런 게 아니었다.

"……."

"……."

허공에서 마주치는 두 명의 시선.

먼저 몸을 움찔거린 로드멜이 점점 시선을 회피하기 시작했다.

"후. 두 번째도 뽑아라."

"저, 저는 더 이상 못 뽑겠습니다."

"두 번 말하지 않는다. 얼른 뽑아."

"히끅!"

정녕 이것이 믿는다는 마족의 눈빛인 걸까.

내심 방을 빠져나가고 싶었던 로드멜은 소름 끼치는 살기에 강제로 상자를 열게 됐다.

그리고.

[황금 빗자루]

[만능 보따리]

[레멘 향초]

'아아, 난 망했다!'

실용성이 뛰어난 청소 도구들이 한자리에 모였다.

반쯤 울먹거리던 로드멜은 살며시 용찬의 눈치를 봤다.

그 순간, 문을 지키고 서 있던 그레고리가 참지 못하고 아이템들을 집어 들었다.

"오오. 이것들은 굉장히 좋은 물건들이군요. 제가 써도 되겠습니까, 마왕님?"

"아, 그래. 편한 대로 써도 좋아."

"감사합니다."

눈치 백 단이던 집사도 청소 도구 앞에선 욕심을 주체하지 못했다. 그렇게 그레고리가 세 개의 아이템을 가지고 방을 빠져나가자 용찬의 섬뜩한 눈빛이 나머지 한 명을 향했다.

"뭐 하고 있지. 얼른 마저 열지 않고?"

"끄흐흐흑. 차라리 절 죽여주십시오, 마왕님!"

처음으로 바쿤에 온 것을 후회하고 있는 로드멜이었다.

최상층이 유난히 살기가 감도는 사이 난장판이 되었던 1층은 어느새 익숙한 손님을 맞이하고 있었다.

"어라. 마녀님, 오랜만에 찾아오셨네요?"

가장 먼저 그녀를 발견한 헥토르가 쪼르르 달려왔다.

은둔자의 숲에 거주하고 있는 단 한 명의 마녀.

"호오. 그러는 넌 못 보던 복장을 하고 있구나. 마계에 그런 옷이 존재하고 있었다니."

"헤헤헤. 어울리지 않아요? 이런 옷은 다른 뱀파이어들도 생전 입어본 적 없을 거라구요."

"역시 그놈은 신기한 것들을 불러 모으는 재주가 있어. 나중에 따로 빌려줄 수 있겠느냐."

"그럼요. 장비 수리가 끝나면 바로 빌려 드릴게요."

붉은 마녀 아리샤는 고개를 끄덕거리며 계단 위를 올려다봤다.

"그래. 놈은 위에 있는 게냐?"

"네. 있긴 한데 좀 바쁘신 것 같아요."

가끔 창문 바깥으로 번쩍거리는 뇌전은 상황이 여간 심상치 않다는 것을 알려주었다.

로드멜이 어떤 상황에 처했는지 알지 못하던 둘은 할 수 없이 자리를 옮겨 2층 빈방으로 향했다.

"그나저나 무슨 일로 찾아오신 거예요?"

"헨드릭, 그놈이 버리고 갔던 아이템에서 굉장한 것을 발견해 냈지. 기왕 찾아온 거 놈에게도 보여주려고 했지만 바쁘다면 어쩔 수 없구나."

탁자 위로 놓인 푸른 꽃 조각들.

이전 용찬에 의해 훼손되었던 마법 재료였다.

"이거 저번에 플레이어 놈한테서 나온 아이템 아니에요?"

"바로 알아보는구나. 그래, 헨드릭. 그놈이 버렸던 푸른 꽃이지. 어떻게든 마력을 되살리려고 꽤나 고생했었는데 이런 것이 나오더구나. 한번 보겠느냐?"

"오오. 볼래요!"

고개를 끄덕거리던 헥토르의 눈앞으로 꽃 조각들이 번쩍거렸다. 아리샤의 손길 아래 공명하기 시작한 마력들. 그 순간, 방 안으로 교복을 입은 두 명이 급하게 들이닥쳤다.

"하아, 하아. 저 자식들 왜 자꾸 쫓아오는 거야?"

"큭. 마법으로 위협해도 소용이 없다니. 도대체 여기 병사들은 어떻게 되먹은 거냐!"

"내가 그걸 어떻게 알아. 젠장, 저 음흉한 자식들. 그나저나 넌 왜 자꾸 날 따라오는 건데?"

"네가 날 따라오는 거다, 다크 엘프!"

잡아먹을 기세로 서로를 노려보는 루시엔과 록시.

한참 동안 위르겐과 병사들에게 쫓긴 것인지 얼굴이 시뻘겋게 달아올라 있었다.

"음. 이 마력은?"

"오호. 그때 그 아이로구나. 마법에 재능이 있는 것 같아 눈여겨보고 있었는데 결국 바쿤의 병사로 들어온 모양이지?"

"아이 참. 두 사람 다 그만 싸우시고 여기 와보세요. 마녀님이 엄청난 것을 보여주신대요!"

헥토르의 말에 록시가 휘둥그레진 두 눈으로 아리샤를 쳐다봤다. 마녀라고 하면 마법에 천부적인 재능이 있는 괴물 같은 존재들. 따로 대화를 나누기에 앞서 록시와 루시엔의 눈길이 탁자 위로 향했다.

"기왕 이렇게 된 거 다 같이 보도록 하거라. 이것은 한 인간의 기억이니라."

"……인간의 기억요?"

서서히 꽃 조각들 위로 인간의 형상이 나타나기 시작했다.

마치 위르겐의 스킬처럼 만들어진 화면은 점차 한 남자의 모습을 보이며 기억의 일부를 재생시켰다.

그리고 공명하던 마력이 더욱 빛을 발하는 순간.

[페레스의 기억 일부를 회상합니다.]

세상이 깜깜한 어둠 속으로 물들어갔다.

페레스. 따로 성은 존재하지 않는다. 그저 이 대륙에서 지어진 가명일 뿐. 특별한 의미도 없는 단순히 누군가에 의해서 만들어진 이름이다.

"정말 특별한 의미가 없다고 생각해?"

"……하아. 아이리스, 내가 들어오지 말라고 했잖아."

때아닌 불청객으로 인해 일기들이 의미가 없어졌다.

몇 시간 동안 고뇌하며 쓰고 있던 나는 인상을 구기며 종이를 구겨 버렸다. 이제 한동안 다시 일기를 적는 일은 없을 것이다.

"뭐야. 내가 들어오면 안 되기라도 하는 거야?"

귀엽게 양 볼을 부풀리는 은발의 소녀. 오늘도 빠지지 않고 남의 방에 침입한 아이리스였다.

"내일 일정이 있으니까 얼른 들어가서 쉬라고 했잖아."

"하지만 잠이 안 오는걸."

"잠시만. 어디에 눕는 거야. 얼른 네 방으로 돌아가!"

"히힛. 이미 누웠지롱."

벌써 한 몸처럼 침대에 동화되어 있는 그녀가 싱긋 미소를 지었다.

슬슬 골이 아파 온다. 아마 오늘도 고요한 밤을 보내긴 힘들 터다. 그리고 그 예상은 정확히 적중하고 말았다.

"아이리스, 아이리스!"

"……어라. 나 여기서 잠들었었어?"

"그래. 아주 곤히도 자더라."

몇 분도 안 돼서 곯아떨어졌지만 굳이 입으로 내뱉진 않았다. 매일 바쁜 여정으로 인해 피로가 쌓이는 것은 당연했기 때문이다.

"하암. 더 자고 싶은데."

"자자. 얼른 일어나서 씻고 와. 오늘도 엄청 바쁠 거라고."

그렇게 침침한 눈을 비비던 아이리스를 보내고 나서야 동이 트기 시작했다.

홀로 남겨진 나는 바닥에 구겨진 종이를 내려다보다 이내 짐을 꾸렸다.

강철의 제국 아울라스. 그곳의 수도인 버챔터로 가기 위해선 남은 일정 동안 계속 바쁜 날을 보내야 할 것이다.

"대장. 슬슬 식량이 떨어질 것 같은데 중간에 도시라도 들르는 게 어때?"

대충 준비를 끝내고 여관 1층으로 내려오자 라울이 의견을 제시했다. 확실히 요리를 담당하고 있는 그에게 부족한 식재료는 필요 이상으로 신경 쓰이는 문제였다.

게다가 현재 위치한 곳은 산속에 위치한 여관.

따로 주인장에게 식량을 부탁하기도 했지만 지금 남겨진 양으로는 앞으로의 일정을 견디기에 턱도 없었다.

"네이스, 가장 가까운 도시가 어디야?"

"으음, 어디 보자. 소도시 리담? 지금 속도로 보면 이틀 내에 도착할 거 같아."

"그 정도면 괜찮겠어. 좋아. 다들 준비는 마쳤지?"

로비에 모여 있던 자들이 하나같이 고개를 끄덕인다.

무려 몇 년간 함께 활동해 온 푸른 갈퀴 용병단의 단원들이다. 이제 와서 새삼 실감하는 것이지만 지금 느껴지는 믿음과 신뢰는 남이 깨트리기엔 너무도 굳건해 보였다.

"그러면 출발……."

"기다리라고!"

물론 이 말썽꾸러기만 제외하면 말이다.

나는 목에 매달린 아이리스를 떼어내고 재차 출발을 지시했다. 그러자 단원 필립과 로만이 마차를 끌고 오며 다시 지루한 여정이 시작됐다.

"나 버리고 가려 했지?"

"늦으면 버릴 수밖에 없지."

"너무해!"

"아아. 안 들려."

반복되는 말장난과 단원들의 친숙한 웃음소리.

그 속에서 부풀어 오르는 불안한 감정들.

만약 레베스 상단주에게 의뢰를 받지 않았더라면 이런 여유도 느끼지 못했을 것이다.

"음냐. 페레스."

어느새 내 무릎 위에 누워 곤히 잠든 아이리스를 보며 다시금 현실을 깨우친다.

아직까지는 괜찮다.

"그래. 아직까지는 괜찮아."

조심히 쓸어 만진 은색 머릿결이 바람에 흩날리고 있었다.

"모두 전투 준비해. 산적들이야!"

레베스 상단주에게 부탁받은 의뢰는 아이리스를 제국의 수도까지 호위하는 것.

왜 굳이 자신의 딸을 용병들에게 의뢰한 것인지 이해가 안 될 만도 하지만 푸른 갈퀴 용병단은 다른 용병들과 수준 자체가 달랐다.

"아이리스, 안에 들어가 있어."

"으응."

의뢰 도중 처음으로 들이닥친 산적들 때문인지 아이리스의 몸이 약간 떨리는 게 느껴졌다.

아직 어린 소녀가 보기에 전투는 좋지 않은 광경일 터다.

나는 마차 안에 들어간 아이리스 곁으로 미리 세 명의 단원을 세워놓고 검을 뽑아 들었다.

"필립, 얼추 숫자는?"

"백 명은 넘는 것 같은데? 뒤에 궁수들도 있어."

"좋아. 후방부터 먼저 처리한다."

지속적으로 화살이 쏘아지는 것을 보아 나름 규모가 있는 산적단인 듯했다.

가장 먼저 움직인 것은 척후병 필립. 날렵한 몸놀림으로 진형 속에 파고 들어간 그는 기대에 걸맞게 놈들에게 큰 혼란을 주었다. 그리고 이어서 방패병 라울과 막슨이 치고 들어가자 선두에 있던 놈들의 균형이 흔들리기 시작했다.

서걱!

최초로 내 검의 희생양이 된 것은 이빨이 누렇게 물든 산적. 제멋대로 움직이는 단검들 속에서 정확히 바닥으로 목이 떨어졌다.

실전 경험이 그리 많은 놈들은 아닌 듯하다. 그 증거로 벌써 놈들은 절반씩이나 단원들의 손에 처리되어 가고 있었다.

"사, 살려줘! 내가 잘못했어."

"내가? 아니지. 그럴 때는 우리라고 했어야지."

결국 마지막 남은 놈까지 목이 달아나자 전투는 비교적 손쉽게 끝이 났다.

잠시 근처를 둘러봐도 단원들의 피해는 크지 않은 상황.

홍건해진 날의 피를 털어내며 지시를 내리자 주변도 금방 정리가 되어갔다.

"페레스, 괜찮아?"

"아, 거기 멈춰. 가까이 오지 마."

"왜, 왜?"

"아직 손이 더러워."

급히 달려오던 아이리스의 안색이 어두워졌다.

이미 시신들은 처리했지만 피로 홍건한 손만큼은 어쩔 도리가 없었다.

그날 우리 용병단은 급한 대로 산속에서 야영을 취하게 됐고 아이리스의 기분은 여전히 좋지 않아 보였다.

"여기서 뭐 하고 있어. 밥도 안 먹고."

"으음. 속이 좋지 않아."

"에휴. 따라와."

"어어? 페레스?"

항상 용병들은 야영을 취하기 직전 주변을 탐색하는 습관을 가진다.

지금도 아이리스를 이끌고 얕은 비탈길을 내려가자 미리 점찍어뒀던 경치가 한눈에 들어오기 시작했다.

비록 깜깜한 밤중이라 아침때의 싱그러움은 덜했지만 작고 은은한 불빛들이 넓은 꽃밭을 차차 밝혀주고 있었다.

"와아!"

"어때. 괜찮지?"

"응응. 진짜 예뻐!"

두 눈이 반짝거리는 것을 보니 확실히 마음에 든 모양이다.

나는 바닥에 편하게 앉아 꽃밭을 뛰어다니는 아이리스를 구경했다.

"언제 이런 곳을 찾아놓은 거야?"

"좀 전에."

"히히힛. 고마워, 페레스."

수줍은 미소 속에서 어여쁜 보조개가 피어난다.

마치 한 폭의 그림처럼 꽃밭과 조화를 이루고 있는 아이리스였다.

그리고 하멜 대륙에서 유일한 존재인 나는 지금도 그녀와 함께하고 있었다.

[아이리스]

[등급:?]

[상태:순수, 애정]

"……."

이 빌어먹을 시스템과 함께 말이다.

◀ 32장 ▶

임박

길드, 랭커, 레이드 등 이 세계에선 게임 용어들이 자주 튀어나온다.

하멜의 시스템 때문인지 모르겠지만 아무튼 이 대륙은 플레이어들을 비롯해 게임적인 요소들이 강하다.

물론 게임처럼 목숨이 여러 개일 리는 없다.

한 번 죽으면 플레이어는 그대로 소멸당하기 때문이다.

이렇듯 현 세계는 게임처럼 이루어져 있지만 소환된 자들은 바람 앞의 갈대처럼 아슬아슬한 외줄 타기를 반복하고 끊임없이 죽어간다. 그리고 비현실적인 대륙에서 인간들은 지극히 현실적인 상황을 수백 번 맞이하고 있다.

"멀린 길드에 사우전 길드. 그리고 저기 보이는 건 임펠 길드인가. 워후! 요즘 한창 뜨고 있는 길드들은 죄다 모여들었네."

"참여한 진영들은 대충 세 곳 정도겠어. 나머진 공략 불참이라 이거겠지. 역시 리오스 진영이 주도하는 꼴은 못 보겠다 이건가."

"리미트리스랑 다인은 한결같잖아. 내버려 둬. 그나저나 저기 봐봐. 저 여자 좀 괜찮게 생겼는데?"

대화를 나누던 두 명의 눈동자가 이리저리 굴러갔다.

거울성 공략을 위해 중립 지역에 모여든 가지각색의 플레이어들. 길드에 속한 자들이 각 진영별로 나누어진 가운데, 은근 시선을 끌게 만드는 여성들도 간간이 보이고 있었다.

"히야. 저런 여자랑 한 번 뒹굴어봤으면."

"꿈 깨라. 벌써 윗대가리들이 찍어놨겠지. 슬슬 우리 길드 막사로 움직이자고. 어이, 레버튼! 빨리 따라와."

"헉. 허억. 가, 가고 있습니다."

땀을 뻘뻘 흘리며 언덕을 넘어오는 청년. 인벤토리 공간 제한으로 무거운 짐들을 일일이 들고 있는 레버튼이었다.

"체력 능력치도 꽤 높잖아. 뭘 그리 힘들어해?"

"하여간 3차 소환 플레이어들은 엄살도 심하다니까. 우리 땐 저것보다 더 심한 고생도 했었는데."

한심하다는 눈길로 쳐다보던 두 명이 먼저 막사 안으로 사라졌다.

홀로 남은 레버튼은 그들이 사라진 곳을 멍하니 바라보다 이내 바닥에 주저앉았다.

'쓰레기 같은 자식들. 길드 간부만 아니었으면 진작 면상을 후려갈겼을 텐데! 젠장. 2차 소환 플레이어가 뭐가 대수라고.'

C급 플레이어 구휘태와 정민수.

쿤다 진영 제버스 길드의 간부로서, 신입 길드원인 자신을 담당하고 있었는데, 얼마나 갈굼이 심한지 오늘도 온갖 짐들을 죄다 자신에게 맡기고 있었다.

레버튼은 지독하고도 지독한 두 명을 생각하며 분통을 터트렸지만 막상 달라지는 것은 없었다.

'이러려고 대형 길드에 들어온 것은 아니었는데. 어떻게 현대와 하나도 다른 게 없어. 저놈들은 악마야, 악마!'

겉으론 진영의 한 축을 담당하고 있는 대형 길드라고 잘 포장하고 있었지만, 내부 사정은 더러운 사회의 이면을 그대로 담아내고 있었다.

이런 신입 길드원 갈굼은 기본 중의 기본. 겁탈, 접대, 입막음, 복종, 구타, 회유, 강탈 등등 온갖 범죄가 길드 내에서 곧잘 행해지고 있는 상태였다.

'진영을 관리하긴 개뿔. 정작 대표로 나서고 있는 대형 길드의 내부 사정이 이 꼬라지인데 치안이 제대로 유지될 리가 없지. 하아. 나한테 힘만 좀 있었더라면!'

오직 강자만이 살아남는 하멜. 이런 약육강식의 세계에선 힘을 가진 자만이 모든 것을 누릴 수 있었지만 방패병에 특별한 능력도 없는 자신은 일개 D급 플레이어에 지나지 않았다.

레버튼은 억울하기 그지없는 현실에 눈물을 삼키며 고개를 들었다.

그 순간.

"저기. 괜찮으세요?"

모두가 관심을 끄고 있는 상황 속에서 한 여성이 손을 내밀었다.

"……예?"

"아, 혼자 바닥에 주저앉아 계시길래 무슨 일이 있나 해서요. 괘, 괜한 참견이면 죄송합니다."

성직자로 보이는 은은한 백색 로브.

손목으로 나비 모양 문신이 보이는 가운데 레버튼은 처음 받아보는 호의에 잠시 멍을 때렸다. 그리고 얼마 안 가 그녀도 자신이 괜한 오지랖을 부렸다고 생각한 것인지 이내 자리를 뜨려 했다.

"그, 그럼 안녕히 계세요!"

"자, 잠깐만요. 혹시 성함을 알 수 있겠습니까. 전 레버튼이라고 합니다."

처음으로 느껴보는 순수한 호의에 괜히 관심이 갔다.

그녀는 잠시 머뭇거리더니 이내 입을 열었다.

"아, 전 한채은이라고 해요."

그 말을 끝으로 채은은 고개를 숙이며 사라졌지만 레버튼의 시선은 계속 그녀가 있던 자리를 향하고 있었다.

"야! 거기서 뭐 해. 얼른 막사로 안 와?"

"저 새끼. 또 빠졌네. 맞아야 정신 차리나."

뒤늦게 간부들의 목소리가 들리자 정신이 차려졌다.

헐레벌떡 자리에서 일어난 레버튼은 급히 막사로 달려갔지만 끝까지 채은의 모습은 잊혀지지 않았다.

'……한채은.'

왠지 모르게 마음이 설렜다.

"헉헉. 이것이 마왕님께서 원하시던 그것이 맞습니까?"

녹초가 되어 바닥에 쓰러져 있던 마족이 무언가를 집어 든다.

마지막 네 번째 랜덤 상자에서 간신히 뽑아낸 아이템.

만족스러운 마왕의 표정에 로드멜이 애써 환한 미소를 지어 보였다.

"그래. 수고했다."

"아아, 감사합니다."

자신의 사명을 확실히 해낸 그는 초췌한 얼굴로 되돌아갔다.

그리고 방에 홀로 남은 용찬은 건네받은 아이템을 살폈다.

[페널티 부여]

[등급:레어]

[옵션:일정 지역을 대상으로 계열 하나를 지정해 일정 시간 동안 페널티를 부여한다.]

[설명:강제력이 담긴 마법 주문서다. 워낙 희귀해서 쉽사리 구하기 힘든 소비용 아이템이다.]

거울성 공략을 대비하기 위해 꼭 필요했던 주문서.

비록 세 개의 랜덤 상자에선 쓸데없는 아이템들이 나왔지만, 이것 하나만 해도 매우 만족스러웠다.

'지금도 대형 길드들이 진을 치고 거울성 주변을 감시하고 있겠지. 카운터 효과가 먹히지 않는 이 주문서면 충분히 잠입할 수 있어.'

물론 잠입 직전 그들의 시선을 끄는 것이 가장 중요했지만, 그것도 이미 록시로 인해 준비가 갖추어져 있었다.

그리고 불멸자를 처치하기 위해 필요한 또 다른 열쇠.

[기억 속의 편린(2)]

두 번째 '기억 속의 편린'마저 히든 피스를 통해 습득한 상태였다.

'강제 미션도 끝났으니 슬슬 공략을 시작하겠지. 우선 그전에 간단히 정비를 좀 해야겠어.'

정확히는 정비 및 전력 강화다.

용찬은 먼저 사신들을 처치해서 얻은 광석들을 가지고 지하 1층으로 내려갔다.

"오오. 이것들은 레어급 광석이군요. 제작을 원하십니까. 마왕님?"

"아니, 일단 강화부터다."

"하급 강화석과 건틀릿이라. 으음. 우선 잠시 살펴보도록 하겠습니다!"

한동안 일거리가 없던 잭은 매우 기뻐하며 볼버의 흑수를 이리저리 살폈다. 간간이 새로 들어온 대장장이들이 눈치를 살피는 것이 느껴졌지만 그는 신경도 쓰지 않고 확답을 내렸다.

"오호. 이것은 흑마의 요석으로 만들어진 장비로군요. 누가 만들었는지는 몰라도 꽤나 세밀하게 제작되어 있는데 이 정도면 하급 강화석까진 효력이 통할 것입니다."

"잘됐군. 기한이 며칠 정도 걸리지?"

"으흐흐흐. 다른 대장장이들도 있으니 걱정하지 마십시오.

2일 내로 끝내 버리겠습니다."

한순간 주변 마족들의 안색이 새파랗게 질렸다. 저택에서 당한 원한은 아직까지도 풀리지 않은 모양이다.

하지만 용찬은 거기서 그치지 않고 아렌타니움 광석을 통해 연달아 제작을 맡겼다.

"어떤 종류의 장비로 제작하길 원하십니까?"

"지금 가장 필요한 건 아무래도 부츠와 장갑일 것 같군."

이미 통곡의 부츠와 정령의 기운이 담긴 장갑을 착용하고 있었지만 레어 등급의 장비라면 제작을 맡길 만도 했다. 그렇게 잭에게 새로운 일거리를 제공한 용찬은 따로 병사들의 인상착의를 가릴 도구를 추가로 부탁하며 다음 단계로 넘어갔다.

[스킬 부여권(1회 한정)]

[특성 부여권(1회 한정)]

[재능 부여권(1회 한정)]

[장비 구매권(1회 한정)]

[아이템 구매권(1회 한정)]

'역시 이상하단 말이지. 분명 마왕성 시스템은 마왕을 성장시키기 위해 만들어진 것일 텐데. 오히려 일정 수준 이상의 성장은 억제시키고 있다니. 아이러니하군.'

어떤 비밀이 숨겨져 있는지 몰라도 구매 제한 페널티의 의도는 뻔했다. 아마 이번에 구매하게 되면 다시 몇 달 동안은 주요 상점들을 구경만 하게 될 터.

'우선 다른 병사들의 성장도 고려해서 하나만 구매해 둬야겠어.'

이미 마권 스킬을 얻어낸 용찬은 나름의 기대를 걸고 특성 부여권을 구매했다.

[특성 부여권을 사용했습니다.]

[정령 친화력 특성이 부여됩니다.]

'정령사도 아니고 무투가에게 정령사 쪽 특성이라니?'

병사 소환도 그렇지만 이번에도 운이 지극히 없었다.

[정령 친화력(C급)]

[설명:속성력이 높은 자들만 배울 수 있는 특성. 속성 관련해서 숙련도가 높아질수록 정령들과의 계약 확률이 증가한다.]

특성 설명을 직접 봐도 등급만 높을 뿐. 무투가에게 조금도 도움이 되지 않았다.

'설마 이것도 헨드릭 프로이스의 영향은 아니겠지. 만약 그

렇다면 골치 아파지는데.'

권능을 통해 속성력을 다루게 되어 강해진 것도 분명 있긴 했다. 하지만 익숙하지도 않은 친화력 방면으로만 계속 치우치게 되면 본래 무투가로서의 장점을 살리지 못한다. 설사 두 가지 능력이 합쳐져 더욱 도움이 된다고 쳐도 확실치 않은 가능성에 기대감보단 걱정부터 들게 마련이었다.

"쯧. 스킬북이나 특성북을 얻을 곳도 따로 생각해 둬야겠어."

아직 도전하지 못한 미션, 던전, 유적지 등이 존재했다.

남은 히든 피스들을 떠올린 용찬은 그레고리와 함께 병사들을 마저 소환한 뒤, 주수입원이던 라딕 던전과 요르스 철광산을 점검했다.

"페페펭. 어, 언제 오셨습니까. 마왕님?"

"그러는 넌 여기서 뭐하고 있는 거냐."

언제 던전으로 넘어온 것인지 주변을 어슬렁거리던 위르겐이 시선에 걸렸다.

마치 도둑질하다 걸린 사람처럼 식은땀을 삘삘 흘리는 모양새. 자세히 들여다보니 조그만 날개 뒤로 젬 광석이 하나 보였다.

"지금 무슨 짓을 하고 있는 거지? 위르겐."

"페펭. 자, 잠시 젬 광석들이 얼마나 순도가 높은지 확인하고 있었습니다!"

"키엑. 키에에엑!"

하필 변명을 하던 순간 달려온 칸과 켄. 둘은 뒷주머니에 넣은 젬 광석을 자랑하려다 이내 용찬과 눈이 마주쳤다.

"그래. 순도가 얼마나 높은지 알아보기 위해 직접 광석을 들고 갈 필요도 있긴 하겠지."

"그, 그런 겁니다. 페펭!"

"나도 너희들이 얼마나 강해졌는지 알아보기 위해 직접 두들겨 팰 필요가 있겠어."

"페에에에에?"

얼마 안 가, 세 병사는 피떡이 되어 바닥을 굴러다녀야 했다. 그렇게 라딕에 이어 철광산까지 쭉 둘러본 용찬은 마지막으로 마력 코어를 체크하며 점검을 마쳤다.

"그레고리. 마계에도 마력 가공사가 존재하나?"

"으음. 존재하긴 합니다만. 현재는 리스엘 가문을 통해서만 시중에 유통되고 있는 상태입니다. 직접 제작하시려면 따로 리스엘 가문과 접점을 만들어 두셔야 될 것 같습니다."

마력 코어의 제작 재료는 각 등급에 걸맞는 마력석 1백 개. 수행 과제, 미션, 던전 등을 통해 D급 마력석을 거의 모아가던 용찬은 들어보지 못한 가문 이름에 잠시 기억을 더듬었다.

"……리스엘이면 73위 마왕의 가문이었나."

"그렇습니다. 에린 리스엘. 평가전 때 출전하지 않았던 마왕 중 한 명이었죠."

헨드릭의 고유 기억 속에서도 이름만 드문 떠오르던 마왕. 마계 침공 당시에도 다른 플레이어들 손에 제거된 듯했다.

'에린 리스엘이라. 한 번 가문 측을 통해서 만나볼 필요가 있겠어.'

간간이 마왕들끼리 교류를 하는 일도 자주 벌어진다.

용찬은 마력 코어에 대한 일을 잠시 뒤로 미루고 자리에서 일어났다.

"그러고 보니 1층에 있던 병사들은 어디로 간 거지?"

"아까 보니 아리샤 님을 따라 2층으로 향하신 것 같더군요. 우선 제가 불러오겠습니다."

"그 빌어먹을 마녀 자식. 아주 마왕성을 놀이터처럼 여기고 있군. 됐다. 내가 직접 갔다 오마."

2층으로 향했다면 복도의 빈방 중 하나일 것이다.

비록 자신을 귀찮게 만드는 붉은 마녀였지만 잘하면 그녀를 통해 마력 코어 제작에 대한 문제를 해결할 수도 있었다.

용찬은 그렇게 생각하며 2층으로 내려가 인기척이 느껴지는 방의 문을 열었다.

철컥!

"여기서 다들 뭐하고……."

방 안에서부터 휘몰아치는 마력의 물결.

[페레스의 기억 일부를 회상합니다.]

미처 피할 새도 없이 들이닥치는 푸른 마력에 용찬의 인상이 구겨졌다.

"젠장."

거울성 공략이 이루어진 가장 큰 원인은 NPC들의 중립 국가 칸 때문이었다.

처음만 해도 자신의 성으로 시체들을 모으던 불멸자는 각 진영 내에서도 큰 골칫거리였지만, 세력 다툼에 정신이 없던 랭커들은 거울성 주변을 그저 진입 불가 지역으로만 선포하며 본래 목표에 집중했었다.

하지만 놈이 본격적으로 칸의 도시들을 습격하기 시작하자 상황은 급격히 변해갔다.

"중립 국가 칸에서 대대적으로 의뢰가 들어왔어. 목표는 거울성 공략. 국왕 놈이 상황을 매우 심각히 여기는 것 같아."

"개같은 자식들. 하필 악몽의 탑에 집중하고 있을 때 압박하고 지랄이야."

"외교적으로든 상업 쪽으로든 우리가 손해이긴 해. 등급 제한 때문에 군사도 일으키지 못하니까 우리에게 맡기는 것 같은데?"

대륙은 플레이어 위주로만 돌아가지 않는다.

기존에 자리 잡고 있던 부강한 국가들은 랭커들 못지않은 기사단 및 마법 병단을 소유하고 있었고 때론 외교, 정치, 교류, 신앙을 이유로 진영에 압박을 걸어오기도 했다.

물론 그런 부분까지 감안해서 대표로 진영을 관리하게 된 것이 원탁회의의 하이 랭커들이었지만, 거울성 의뢰만큼은 더 이상 손을 쓸 수 없을 정도로 피해가 벌어진 상태였다.

'어쩔 수 없지. 이번 공략만큼은 다섯 진영이 뭉칠 수밖에.'

긴 시간의 회의 끝에 결정된 연합 공략.

마침 볼버의 흑수를 통해 이름을 날리고 있던 용찬도 길드에 속해 공략에 참여하게 됐지만, 등급 제한 때문인지 플레이어들의 피해는 점점 심각해졌다.

결국 세 차례의 공략 실패 끝에 불멸자를 약화시킬 방법을 찾아냈지만, 그때 용찬은 이미 공략을 포기한 후였다.

'만약 그때 마지막까지 파티에 남아 있었더라면 유태현을 더욱 일찍 만날 수 있었겠지.'

한참이 지나서야 진영 전체로 공개됐던 불멸자의 비밀 및 거울성 공략의 열쇠.

두 번째 삶을 살고 있는 지금도 그 소식들은 잊혀지지 않았다. 잠시 기억을 회상하던 용찬은 방 안에 주저앉아 있는 흑발의 청년을 쳐다봤다.

-그 자식. 자기 딸을 귀족가에 판 거였어. 빌어먹을 개자식!

칸에서 푸른 갈퀴 용병단으로 활동하고 있던 단장 페레스.

그의 원한은 한 명의 여인으로부터 시작되어 거울성까지 이어져 왔다.

레베스 상단주의 딸 아이리스. 그리고 그녀를 제국 아울라스의 수도까지 호위하는 의뢰를 맡게 된 푸른 갈퀴 용병단.

뒤늦게 에테르 공작가에 도착하며 숨겨진 비극이 밝혀지지만 그다지 용찬에게 있어 중요한 얘기는 아니었다.

'젠장. 기억 회상 도중에는 나가지 못하는 건가.'

마치 3인칭 시점처럼 페레스의 기억을 회상하게끔 만들어진 시스템이었지만 정작 중요한 취소 기능은 보이지 않았다.

그사이, 방에서 홀로 분노를 삼키던 페레스는 끓어오르는 감정을 참지 못하고 공작에게 직접적으로 찾아가 의견을 밝히기 시작했다.

하지만.

-이미 상단과 거래를 끝낸 상태인데 여기서 일을 되돌린다고? 헛소리 지껄이지 마라. 감히 어디서 용병 나부랭이가 입을 나불거리는 것이냐!

한 번 틀어진 운명을 바꾸는 것은 쉽지 않은 일이었다. 특히 권위 의식이 강하던 카론 에테르 공작을 상대로 용병의 발언력은 한계가 있었다.

결국 돌아온 대답은 강제 축객령. 그나마 바로 쫓겨나는 신세는 모면하게 됐지만, 날이 밝자마자 용병단은 칸 왕국으로 되돌아가야 했다.

하지만 우연히 하녀들로부터 듣게 된 질 나쁜 소문은 자꾸 페레스의 발길을 막아 세웠다.

-오늘도 새로 첩을 들였다나 봐. 도대체 몇 명째야.

-한 번 동침한 여자들은 죄다 목이 떨어졌다고 하던데 이번에는 어찌 되려나 모르겠어.

-저번만 해도 다리를 절뚝거리며 방에서 나오기도 했잖아. 상단주의 딸이라고 하던데. 과연 괜찮을까.

겉과 속이 다른 카론 에테르 공작의 위험할 정도로 지나친 욕망을 알게 된 것이다. 인생의 분기점이라고 할 수 있는 그 시기에서 페레스는 선택해야 했다.

그리고.

-꺄아아악!

-천박한 년 주제에. 아직 세상 물정을 제대로 알지 못하는구나. 이 몸이 오늘 똑바로 각인시켜 주마!

마치 겁탈하듯 폭력적으로 변한 카론의 본성에 그는 아이리스를 그냥 지켜볼 수 없었다. 그 이후로 이어진 저택 내의 소란과 탈출. 그녀를 공작가에서 구출하며 상단과의 관계는 자연스레 틀어지게 됐고 카론 공작의 분노가 용병단을 향하게 됐다.

[페레스의 기억 회상을 마칩니다.]

엉망진창이 된 아이리스를 품에 안고 달아나는 페레스.

그의 뒷모습을 마지막으로 세상은 다시 검게 물들어갔다.

“……이거 있잖아. 과연 하멜의 언제 적 일일까?”

손에 쥐고 있던 푸른 꽃이 점점 시들어갔다.

한참 동안 페레스의 기억 일부를 회상하던 사내는 혼이 빠진 얼굴로 고개를 들었다. 그러자 맞은편에 앉아 있던 남자가 안경테를 끌어 올리며 입을 열었다.

“관심 없습니다. 한낱 보스 몬스터의 기억일 뿐. 조만간 플레이어의 손에 의해 처리될 놈의 기억을 가지고 의문을 가져봤자 어떤 득이 있겠습니까.”

“에휴. 종호, 너한테 물어본 내가 바보지.”

“다른 것은 됐으니 여기까지 찾아온 이유나 말씀해 보시죠. 그레엄.”

철혈의 군단장 그레엄. 유일하게 적월 길드의 손을 들어주는 쏜즈 길드의 마스터이자 하이드와 대립 관계를 가진 자들 중 한 명이었다. 그는 바짝 시든 푸른 꽃을 아무렇게나 던져버린 뒤 탁자 위에 수정구를 올려놨다.

“밀림 지대를 개척하던 도중 디텍터 한 명이 포착한 화면이야. 시야의 수정구를 통해 담아 왔더라고.”

“……”

점점 휘둥그레지는 두 눈.

분명 리오스 진영의 원정대가 루트를 개척하는 밀림 속에서

서서히 붉은 문신을 지닌 자들이 보이기 시작했다.

"설마 체이서 집단인 것입니까?"

"저기 안대를 찬 두 놈은 이전에도 사고를 치고 다녀서 수배령이 내려진 자식들이야. 어떻게 생각해. 왜 백골림에 처박혀 있던 놈들이 이제 와서 원정대를 따라오고 있는 걸까."

"……그거야 뻔한 것 아닙니까. 분명 유적지의 난입을 목적으로 두고 있는 거겠죠."

고대 유적지의 유물과 유니크 장비들을 생각해 봤을 때 그럴 가능성은 충분했다.

하지만 최근 다인 진영으로 기웃거리고 있던 놈들이 갑자기 목표를 바꾼다는 것은 이상했다.

그레엄은 그 부분을 정확히 짚어내며 이전보다 체계화된 체이서 집단을 언급했다.

"아무래도 누가 사태후의 귀에 바람을 넣고 있는 것 같아. 이런 식으로 정찰하는 것은 진사혁의 스타일이 아니거든. 새로 간부 한 명이 들어왔거나 혹은 사태후가 조금 똑똑해졌다는 거겠지."

"그 무식한 놈이 똑똑해지는 것은 불가능하니 전자가 가능성이 높겠군요."

"크큭. 거의 그렇겠지. 종호 너도 알다시피 파이칸 고대 유적지는 리오스 진영과 가장 인접해. 그리고 같은 북부인 백골림

과도 거리가 상당히 가깝지. 놈들은 다른 진영의 개입이 거의 없다는 것을 알고 유적지를 목표로 두고 있는 것 같아. 아니, 정확히는…….”

종호가 손수건을 꺼내 안경을 닦아내며 대답했다.

“유태현을 위주로 입지를 다지고 있는 신흥 세력에 대한 견제겠죠. 겸사겸사 하이드 길드와 다른 대형 길드의 세력 약화이기도 하고 말이죠.”

“그런 거지. 뭐, 우리에겐 잘된 일이겠지만 역시 움직일 거지?”

그레엄의 묘한 눈빛이 정면을 향했다.

다시 안경테를 끌어 올린 종호는 지그시 눈을 감더니 이내 자리에서 일어났다.

“일단 거울성보다 고대 유적지겠군요. 놈들이 움직인 이상 유태현은 더 이상 신경 쓰지 않습니다. 오직 목표는 체이서 집단.”

사소한 인연에서 시작되어 끈적한 원한으로 물든 관계. 복수 하나만을 위해 적월 길드를 창립한 그에게 있어 체이서 집단은 첫 번째 목표나 다름없었다.

그날, 적월 길드는 뒤늦게 원정대 참전을 밝히며 쏜즈 길드와 함께 밀림으로 향했다.

그리고.

“리미트리스 진영, 쿤다 진영, 리오스 진영까지. 이번 공략은 대륙 역사로 길이길이 남겠는데?”

"대형 길드 총 14곳. 이 정도만 해도 거울성은 후딱 공략되겠어. 등급 제한 때문에 랭커들은 대부분 빠졌지만 우리로도 충분하지."

"경계를 더욱 높여라. 경계 대상은 머더러들과 공략 참여를 밝히지 않은 타 진영 놈들이다. 절대 접근하지 못하게 만들어라."

마침내 거울성 공략의 날이 밝았다.

서열 경쟁에서 잠시 물러나 있는 바쿤.

한동안 수행 과제를 통해 병사들 수련에만 매진하고 있었지만, 가문은 그런 사실을 알지 못했다. 그 때문인지 가문 사정에 발이 묶여 있던 펠드릭이 거의 1년 만에 다시 바쿤으로 찾아왔다.

"감회가 새롭군. 1년 전만 해도 거의 허물어져 가던 5층 규모의 마왕성이었는데."

"마왕님께서 많이 발전하셨다는 증거입니다."

"쯧. 그래도 아직 부족해. 나 때만 해도 주변 일대를 완전히 장악하고 있었으니까. 그래, 헨드릭은 어디 간 거지?"

호랑이도 제 말하면 온다고 했던가. 마침 최상층으로 돌아온 용찬이 자리에 앉아 있던 펠드릭을 힐끔 쳐다봤다.

"언제 오셨습니까."

"환영 인사치곤 제법 쌀쌀맞구나. 너무 태도가 확 달라진 것 아니더냐?"

"그런 것 치곤 흡족해하시고 계신 것 같은데. 제 착각입니까?"

"쯧. 아무튼, 최근 들어 서열전의 소식이 안 들려오더구나. 혹시 저번 저택 방문 때문인 것이냐?"

새로운 병사들과 함께 방문했던 프로이스 가문의 저택. 자신의 눈앞에서 혼란 증세를 보이던 것 때문인지 그 이야기가 먼저 나왔다. 하지만 용찬은 그레고리에게서 찻잔을 받으며 가볍게 고개를 저었다.

"그땐 가벼운 현기증이었을 뿐입니다. 지금은 잠시 다른 일정으로 인해 서열전을 뒤로 미루고 있는 상황이고 말이죠."

"그렇다면 다행이긴 한데……."

차를 홀짝거리던 펠드릭의 시선이 창가를 향했다.

마치 무언가 낌새를 알아챈 듯 묘하게 굴러가는 금색의 두 눈동자.

"웬 잔챙이들이 마왕성 주변을 배회하더구나. 대충 간파를 통해 확인해 보니 골프레스 쪽 정보 길드원들 같은데. 혹시 알고 있었느냐?"

"……."

"몰랐던 모양이군. 항시 주변을 경계해라. 헨드릭. 단숨에 서열을 끌어올린 네놈은 항상 다른 마왕들의 견제를 받게 될 게야."

전대를 통틀어 마계의 역사를 새로 쓴 홍염의 패자. A급 마족에 걸맞게 엄청난 위압감을 발산하며 몇 차례씩이나 충고를 건넸다.

'골프레스라면 마계 동부의 상업 국가. 그런 곳의 정보 길드가 바쿤을 감시하고 있었다고? 도대체 어떤 놈이지.'

가볍게 추측해 본다면 가장 유력한 후보들은 서열 40위대 마왕들이다. 만약 이대로 49위를 꺾어 40위대로 진입하게 되면 자연스레 새로운 적을 맞이하게 되는 것이니 견제를 하는 것도 당연할 터.

정확한 정보 길드의 배후는 알지 못했지만 조금 더 경각심은 높아졌다고 볼 수 있었다.

"그리고 네놈. 이전보다 속성력이 더욱 높아졌어. 도대체 어떤 마법을 부리는 것이냐."

"이미 어느 정도 짐작은 하고 계실 텐데요?"

"으음. 역시 그때 언급했던 플레이어 장비인가. 분명 어마어마한 성장을 보이고 있긴 하지만 놈들은 위험해. 몇 년 전만 해도 바글바글거리던 개미에 불과했던 놈들이 지금은 역으로 마계를 위협하고 있는 상황이니까. 최근에 벌어진 마왕성 침입 사건도 긴장을 늦추다 두 명이 당해 버렸지 않았더냐. 쯧. 멍청한 놈들이지."

확실히 플레이어들의 성장력은 예상 범주를 뛰어넘은 수준이었다. 다만, 누구보다 그들에 대해 잘 알고 있던 용찬은 쓴웃음만 흘리며 가볍게 고개를 끄덕거렸다. 그 이후로 펠드릭과 의미 없는 대화가 몇 차례 더 이어졌고 얼마 지나지 않아 그가 가문으로 되돌아갔다.

"그러고 보니 마왕님. 저번에 저택에 방문했을 때도 느꼈는데 프로이스 가문은 경비병들만 잔뜩 남아 있는 상황인가요?"

"아니, 그럴 리 없지. 분명 저택을 지키는 것은 경비병들이지만 가주의 실질적인 군사들은 따로 있어."

"실질적인 군사요?"

"……언젠가 볼 날이 올 거다. 우선 준비부터 해라. 헥토르."

창가를 통해 돌아가는 마차를 보고 있던 헥토르가 잽싸게 아래층으로 내려갔다.

홀로 남은 용찬은 그레고리를 통해 잭을 불렀고 이내 새로운 장비를 건네받았다.

"아주 걸작이 나왔습니다, 마왕님. 아마 만족하실 겁니다."

"레어 등급이라. 확실히 성능은 괜찮군. 수고했다."

"감사합니다. 아, 그리고 따로 부탁받은 물건도 이미 병사들에게 지급해 놨습니다. 약간 제 취향을 담아 제작했으니 나중에 직접 확인해 보시면 알게 되실 겁니다."

병사들의 인상착의를 가릴 도구까지 완벽히 준비가 되었다.

잭의 말에 다소 불안하긴 했지만, 모양이야 어찌 됐든 상관없었다.

"병사들을 따로 소환할 예정이니 장비를 착용시켜 미리 준비시켜놓도록 해라."

"알겠습니다. 마왕님."

그레고리에게 마왕성을 맡긴 용찬은 장비를 새로 무장하고 중립 지역으로 향했다.

[중립 지역 버랭스 들판으로 이동했습니다.]

[마왕성 플레이어 시스템으로 인해 진영이 일시적으로 설정됩니다.]

눈앞으로 쭉 펼쳐지는 광활한 들판. 언덕 아래로 수십 개의 막사들이 보이는 가운데 손목으로 쿤다 진영을 가리키는 뱀 모양의 문신이 생겨났다.

용찬은 플레이어들 사이로 보이는 익숙한 안면들을 경계하며 록시를 소환시켰다.

"여기는?"

"이전과 똑같이 플레이어 놈들의 지역이다. 마법을 준비해라."

"……알겠습니다."

평소와 다름없이 일방적인 명령이 내려졌지만 록시는 잠시 당황할 수밖에 없었다.

단지 가까이 있는 것만으로도 느껴지는 광기.

"자. 이제부터 축제를 벌여주마."

손에 있던 주문서를 찢은 용찬이 주변 일대 전체로 펼쳐진 마법진을 보며 뒤틀린 미소를 드러냈다.

"시작이다."

◀ 33장 ▶

거울성

"야. 거기 못 보던 얼굴인데? 이리 와봐."

"저 이번에 길드원으로 참가 신청한 사람인데요? 여기 보라구요. 문신도 있잖아."

"그거야 정보창만 보면 다 나와. 디텍터. 스킬 시전해."

디텍터의 주 분야는 시야 확보 및 정체 간파다.

문신을 숨기거나 정보를 위장시키는 자를 판별하기 위해 대체적으로 비전투 스킬 및 특성을 위주로 배우며 지금처럼 정보창을 확인해 대략적인 정체를 확인하기도 했다.

간간이 가짜 문신을 새기는 머더러들도 있기 때문에 거울성 앞에 모인 디텍터들의 임무는 막중했고 이번에도 어김없이 머더러 한 명이 색출됐다.

"정보창은 아무 이상 없는데 문신은 아니었네?"

"제, 젠장. 뒤져. 개자식아!"

"쯧쯧. 무모하긴. 여기에 누가 있는지는 알고 설치는 거야?"

"누구든 상관…… 컥!"

가짜 문신을 들킨 머더러의 몸통으로 커다란 창이 틀어박혔다.

유유히 막사 앞에서 천천히 걸어 내려오는 한 남자.

최근 리오스 진영에서 창기사로 이름을 휘날리고 있는 아둔이었다.

"무척 시끄럽군. 시신은 다른 곳에 가서 처리해라."

"알겠습니다."

시체에서 창을 회수하자 대기하고 있던 길드원들이 재깍 움직였다. 아둔은 다시 잠잠해진 근처를 둘러보며 태현의 지시를 떠올렸다.

'이미 아놀드 님에게 지휘권은 받아놓은 상태입니다. 여러분들은 지금부터 각 진영의 막사에서 디텍터들과 함께 플레이어 색출 작업에 신경 써주시기 바랍니다. 만약 정식으로 참가하지 않은 플레이어를 찾게 되면 즉시 저에게 보고해 주시고 말이죠.'

예상외의 상황에 대비하기 위해 한층 경계를 올린 상태다.

정녕 그가 무엇을 주의하고 있는지는 알 수 없었지만, 미리 껄끄러운 놈들을 쳐내는 것은 마음에 들었다. 물론, 지금까지는 머더러들만 계속해서 색출됐지만 말이다.

'이대로 간다면 무난하게 공략을 시작할 수 있겠지. 좀 더 쉬도록 해볼까.'

마음이 안정되는 조용한 막사 안. 대충 창을 닦아낸 아둔은 다시 고요함을 맛보기 위해 발걸음을 돌렸다.

그 순간.

[버랭스 들판 지역으로 페널티가 부여됩니다.]

[일정 시간 동안 감시계 효과가 차단됩니다.]

창공으로 육망성을 나타내는 마법진이 그려졌다. 한참 플레이어들의 정보를 살펴보던 디텍터들은 당황해했고 주변을 감시하던 길드원들이 서둘러 소리쳤다.

"모, 몬스터들이 몰려온다!"

"오크에 트롤. 게다가 리자드맨들까지. 아주 종류대로 다 모여 있어!"

"젠장. 한참 전에 B급 플레이어들도 다 진영으로 돌아갔는데. 왜 하필 이런 때에!"

언덕 건너편에서부터 몰려오는 수백 마리의 몬스터들.

가만히 거울성 진입을 기다리던 플레이어들이 경악 어린 표정을 지었다.

그리고 막사로 돌아가던 아둔마저 인상을 구기며 다시 발길을 돌렸다.

[목표 인식이 발동되고 있습니다.]

[지정된 몬스터들이 플레이어들에게 적의를 가집니다.]

갖가지 종류의 몬스터들이 언덕을 넘어 거울성으로 달려간다.

록시에 의해 잘못된 인식을 갖게 된 놈들.

-놈들에게 일정 시간 동안 목표를 심어줄 수 있습니다. 대상 제한이 있긴 하지만 D급이나 E급이라면 대략 3백여 마리 정도까진 현재 지닌 마력으로 감당이 가능할 것 같습니다.

이토록 계획에 적합한 마법사는 찾아볼 수 없었다. 게다가 미리 발동시킨 페널티 부여 주문서로 인해 감시계 효과는 아예 차단된 상황.

'실버로 승격시켜 줘도 될 것 같은데 말이지.'

슬슬 오크 샤먼들도 속성계 마법을 익히기 시작했다.

비록 마법 분야 등급은 E급에 머물고 있었지만 록시가 부대를 이끌고 있는 만큼 부대 등급에 대해서도 기대감은 더욱 커졌다.

"……왜 그러십니까."

"아무것도 아니다. 우선 비상시를 대비해 모래 통로를 만들어둬라."

익숙치 않은 시선에 당황하던 그녀가 재깍 이동계 마법을 발동했다.

미리 입구와 출구를 만들어 이용할 수 있는 모래 통로.

모든 준비를 마친 용찬은 흡족해하며 록시를 마왕성으로 돌려보냈다. 그리고 자연스럽게 쿤다 진영 쪽 플레이어들과 합류하며 막사로 접근했다.

'거울성에 참여한 진영은 리미트리스, 쿤다, 리오스. 도중에 날 아는 놈과 마주칠 수도 있겠지만 배치된 각 진영의 막사를 생각해 봤을 때 그럴 가능성은 거의 없지. 게다가 감시계 효과도 차단됐고 말이야.'

주변 플레이어들은 좌우로 몰려드는 몬스터들에 한눈팔려 있었다.

용찬으로선 잠입하기 딱 알맞은 상황.

"육시럴 놈들. 갑자기 어디서 기어 나온 거야!"

"입 나불거리지 말고 스킬이나 더 시전해. 우리 진영 쪽으로도 오고 있다고!"

"어이. 넌 뭐하고 있는 거야. 얼른 돕지 않고?"

마침 여행자용 로브까지 입고 있어 정체가 드러날 걱정 없이 편하게 전투에 합류할 수 있었다.

[책의 경량화 장갑]

[책의 경량화 부츠]

아렌타니움 광석을 통해 제작된 레어급 장비들.

각각 마력 및 속성력에 대한 위력을 증폭시키는 효과를 가지고 있어 새로운 장비로 전혀 부족함이 없었다.

"취에에엑!"

"쯧. 저리 꺼져라."

"췍!"

반격을 통해 가볍게 다리를 걸자 눈앞에 있던 오크가 보기 좋게 자빠졌다. 용찬은 놈을 마무리하는 주변 전사들을 보다가 이내 근처 플레이어들을 살폈다.

다행히 자신을 아는 자들은 보이지 않는 상황. 하지만 반대로 자신이 알고 있는 플레이어는 한 명 보이고 있었다.

[심판의 창이 발동됩니다.]

수십 마리의 리자드맨 사이로 내리꽂히는 거대한 창.

콰아아앙!

아예 땅으로 틀어박힌 창은 그대로 주변을 집어삼키며 폭발했다.

"좀 더 빠르게 처리해야겠어. 시끄러운 것은 딱 질색이니까."

유독 키가 큰 사내 한 명이 갑주를 착용한 채로 천천히 걸어 나왔다.

한때 침묵의 창기사로 불리기도 했던 랭커 아둔 프라이언. 이번 생에서도 태현과 함께하게 되었는지 쿤다 진영을 도와 빠르게 몬스터들을 처리하고 있었다.

'역시 저놈부터 빠르게 회유했나 보군. 타이란트 길드에서도 하이 랭커까지 올라갈 정도로 유명한 놈이었긴 한데.'

과연 지금은 어떨까.

현재 놈이 가진 스킬들과 능력치가 궁금했지만 괜한 호기심을 지웠다.

'정면으로 붙게 되면 승산은 높겠지만 다른 놈과 합류하게 되면 큰일이야. 게다가 유태현. 그놈도 지금 어딘가에 있겠지.'

휴먼 메트로 당시 의심을 벗어나긴 했지만 두 번째 대면은 어떨지 모른다. 물론, 회귀 이전에도 헨드릭은 가면을 쓰고 있었지만 지금 자신은 정식으로 거울성 공략에 참여한 것이 아니었다.

'언젠가는 정체가 밝혀지겠지만 지금은 아니야.'

용찬은 전장 한가운데라는 것을 잊지 않고 조심히 플레이어들 사이에서 전투를 벌였다. 그리고 아둔의 활약으로 인해 대충 상황이 정리되자 본격적으로 페널티 부여에 대해 이야기가 나오기 시작했다.

"그래서. 지금 다른 길드도 이 현상에 대해 아는 게 없다 이거야?"

"어찌 알겠어? 갑자기 페널티가 부여됐는데. 그것도 감시계만 딱! 이게 바로 추측이 가능한 일인 것 같아?"

"어이가 없네. 그래도 랭커들은 그나마 아는 게 있을 줄 알았는데. 이럴 거면 차라리 상위 랭커들을 불러. 병신같이 유태현 그놈에게 휘둘리지 말고."

"하. 상위 랭커들이 오라면 오고 가라면 가는 놈들인 줄 아나? 리미트리스 진영답게 뇌의 한계가 금방 드러나네!"

이미 하이드 길드의 입김을 통해 상위 랭커들에게 지휘권을 인계받은 유태현. 그로 인해 대형 길드의 플레이어들도 대부분 D에서 C급 위주만 남아 있는 가운데, 풀리지 않은 감지계 페널티로 인해 각 진영의 분위기는 흐려졌다.

'역시 다른 진영의 B급 플레이어들은 되돌려 보낸 건가. 그렇다면 리오스 진영은 예외겠어.'

공략의 최우선 전력이 되는 B급 플레이어들을 전부 돌려보낸다? 절대 있을 수 없는 일이다.

유태현이라면 필시 리오스 진영 측 B급 플레이어들을 따로 배치시켜 놓았을 터. 거울성의 보상을 독차지하기 위해서라도 자신의 진영을 이용하는 것은 당연했다.

'미리 숨겨놨다면 리오스 진영 쪽 막사겠는데. 이거 자칫 잘못하면 한발 늦을 수도 있겠어.'

이미 두 번째 열쇠는 다른 자의 손에 들어갔다. 그렇다면 태현은 자신의 방식대로 불멸자를 빠르게 처치하려고 들 터. 지금부터 중요한 것은 어떻게 놈의 계획을 방해하는지였다.

"끄억!"

"하. 이 엿 같은 느림보 새끼가. 말 더럽게 안 듣네."

한참 상념에 젖어 있었을까.

쿤다 진영의 막사 앞에서 한 청년이 바닥을 굴러다니는 게 보였다.

"그냥 넌 다른 막사로 꺼져 있어. 도움도 안 되는 새끼야!"

길드의 간부로 보이던 플레이어는 청년을 향해 엄포를 내리며 자리로 돌아갔다.

누구에게나 익숙한 천대와 구박.

신입 길드원으로서 한 번쯤 거치게 되는 상황에 주변 플레이어들은 시선 한 번 주지 않고 발걸음을 옮겼다. 하지만 단 한 명만큼은 옷의 먼지를 털어내고 있는 그를 유심히 내려다봤다.

'……이 자식은?'

천천히 마주치는 두 시선. 청년, 아니, 레버튼을 바라보던 용찬의 두 눈이 휘둥그레졌다.

실질적인 쿤다 진영의 메인 탱커. 마계와의 전쟁에서 선두를 지휘했던 하이 랭커 레버튼이다.

수많은 플레이어들의 우상이 되기도 했던 그는 지금.

"끄아아! 언제고 죽여 버리겠어. 그 개 같은 자식들. 내가 진짜 힘만 얻어내면!"

울분을 삼키며 처량하게 하소연을 하고 있었다.

가만히 들어주던 용찬은 더 이상 참지 못하고 한숨을 내쉬었다.

'과거에 이런 놈이었나. 전쟁 당시만 해도 이런 성격은 아니었는데.'

현재 위치한 곳은 길드에 소속되어 있지 않은 자들이 모인 비소속 막사 안. 우연히 길에서 눈이 마주쳐 함께 막사를 쓰게 됐지만 레버튼의 신세 한탄은 끊이질 않고 계속되고 있었다.

"좀 들어봐. 내가 얼마나 억울하겠어! 너는 길드에 소속되어 있지 않아서 모르겠지만 구타와 갈굼이 장난 아니라고!"

"알만큼 알고 있으니까 그만 입 다물어라."

"뭐? 네가 어떻게 알고 있는데. 네가 내 심정을 3분의 1이라도 알긴 해?"

"하아."

이젠 하다 하다 못 해 화풀이까지 하고 있는 레버튼.

과연 그를 최고의 방패병이라고 칭할 순 있을까.

잠시 주먹을 움켜쥐던 용찬은 이내 분노를 가라앉히며 바닥에 편히 앉았다.

"그래서 어디 길드 소속이지?"

"제버스 길드라고. 쿤다 진영에서 4위에 속하는 대형 길드 말이야. 근데 너 왜 반말하는 건데?"

"반말은 너부터 했다."

"그, 그런가? 어쨌든 너 말투 되게 이상하네."

그의 말에 불현듯 사신 아카데미에서 만났던 이진협이 떠올랐지만 이내 고개를 저었다.

"쯧. 제버스 길드라면 내부 사정이 복잡한 곳이군. 구타와 갈굼은 기본이고 성 접대도 자주 벌어지지."

"맞아, 맞아! 너 어떻게 그리 자세히 알고 있는 거야?"

"알아내는 거야 쉽지. 문제는 해결되지 않는다는 거겠지만."

심심찮게 살인까지 벌어지는 대형 길드인데 어찌 해결법을 찾겠는가.

용찬의 말에 레버튼은 깊이 고개를 떨구며 절망했다.

"역시 내가 잘못 들어간 거였어. 나는 그저 빠르게 강해지고 싶었을 뿐인데."

"……."

회귀 이전, 잘못된 선택으로 삶을 후회하던 자들은 수두룩했다.

하멜이 금방 탈출 가능한 세계도 아니었을뿐더러 등급이 낮으면 낮을수록 천대받고 무시당하기 때문에 빠른 성장은 더더욱 간절할 수밖에 없었다.

지금 눈앞의 레버튼도 기회를 노리고 제버스 길드에 들어간 것일 터.

'이놈은 미래의 자신이 어떻게 변할지 모르고 있겠지.'

오직 회귀자인 자신만이 알고 있는 사실이었다. 용찬은 어깨가 축 처진 레버튼을 바라보다 이내 고개를 돌렸다.

"슬슬 공략이 시작될 것 같군."

"하아. 이렇게 된 거 차라리 너랑 함께 다녀야겠다. 지금 돌아가 봤자 또 처맞기만 하고 구박만 실컷 당하겠지."

"그럴 거면 차라리 다른 길드로 가는 게 어떠냐?"

"불가능하다고. 지금 당하는 구박도 방관하고 있는 간부 놈들인 데다가 무작정 탈퇴하면 진영 내에서 아예 놈들에게 낙인이 찍힐 거라고. 그나마 희망이 있는 곳은 1, 2, 3위에 속한 대형 길드겠지만 여기도 운 좋게 들어온 거야. 그런데서 이런 날 받아줄 리가 없지. 얼마나…… 후. 젠장!"

자신도 한심하다는 것은 뼈저리게 느끼고 있는지 굳이 뒷말을 이어가진 않았다.

하지만 용찬은 오히려 입가를 말아 올리며 재차 물었다.

"만약 방법이 있다면?"

"뭐?"

"지금 여기엔 쿤다 진영의 대형 길드들이 거의 다 모여 있어. 특히 간부들도 몇 명씩은 참여하고 있겠지."

"그래. 그건 맞지만 도저……."

"내가 이리로 오는 도중 우연히 재밌는 것을 하나 발견해서 말야."

슬슬 머릿속으로 그려지는 한 가지 계획. 오직 단 한 명의 간절한 소원을 들어주기 위해 악마가 귓가에 속삭이기 시작했다.

"분명 너에게 도움이 되는 이야기일 거다."

'기억해라. 일이 틀어지면 네놈뿐만 아니라 나까지 상황이 곤란해진다는 것을.'

물론 알고 있다. 지휘권을 양도받은 이상 수천 명의 목숨을 이끌고 가야 된다는 것을. 그리고 다른 진영에게 들키지 않고 계획을 진행해야 된다는 것을.

무려 10년간 지독한 하멜의 경쟁 속에서 살아왔는데 어찌 모르겠는가.

'자. 다른 진영 B급 플레이어들은 되돌려 보냈고 남은 것은 들키지 않고 진입하는 것뿐이겠지.'

이미 양측 진영에게 B급 플레이어들의 참여는 불필요하다고 통보해 둔 상태다. 직접 그들의 눈앞에서 리오스 진영의 플레이어들까지 함께 돌려보냈으니 의심은 사지 않을 것이다.

물론.

"어때? 페널티가 조금 있긴 하지만 이 정도 숫자는 끄떡없이 소환 가능하다고."

"아주 훌륭합니다. 레이 안 님."

막사 안으로 B급 플레이어들이 다시 소환된 것은 누구도 알지 못하는 비밀이었다.

알고 있는 자는 오직 자신의 계획에 동참한 자들뿐. 태현은 이런 상황을 가능케 만든 레이 안을 흡족히 바라봤다.

'역시 서머너의 스킬은 활용성의 깊이가 다른 직업보다 배는 높단 말이지.'

하멜의 유일한 소환계열 히든 클래스 서머너.

주로 소환계와 변화계 기술을 다루는 서머너는 다른 직업과 달리 대규모 소환 스킬을 사용할 수 있었는데, 특히 다른 계열 효과에 면역이 있다는 것이 장점이었다. 게다가 가장 먼저 그녀를 회유하며 서머너의 존재를 하멜에 알리지 않은 상황. 덕분에 다른 진영에게 들키지 않고 편하게 B급 플레이어들을 막사로 소환시킨 상태였다.

"으으! 제발 목숨만큼은!"

"싫은데?"

서걱!

정체가 발각되어 막사까지 끌려온 머더러의 목이 날아갔다.

바닥으로 뚝뚝 떨어지는 핏방울.

레이는 매혹적인 미소로 차크람의 피를 핥아 먹으며 잔혹한 광경을 연출했다.

'저 성격 때문에 일찍 목숨을 잃긴 했지만, 이번 삶에선 어쩔 수 없이 데리고 다녀야겠지.'

서머너의 활용성은 등급에 상관없이 무궁무진했다.

"크. 머더러를 처리하려거든 다른 데 가서 해. 나 비위 약하단 말야."

"흥. B급 플레이어나 되놓고 엄살은."

"체질은 안 변한다고. 어이, 유태현!"

후드를 눌러쓰고 있던 플레이어 한 명이 애꿎은 태현에게로 화살을 돌렸다.

언제나 부하들의 잘못은 지휘관이 책임져야 하는 법.

하지만 태현도 레이의 행동들이 그리 달갑진 않았다.

"다들 진정하시죠. 레이 님도 그만 다른 분들에게 처리를 맡기시구요."

"뭐? 나는 아직 만족하지 못했다……."

"적당히 해."

살며시 떠진 실눈 사이로 초점 없는 눈동자가 레이를 향했다. 점점 팽배해지는 살기에 그녀는 결국 입술을 깨물며 등을 돌렸다.

그제야 대기하고 있던 길드원들이 머더러들을 다른 곳으로 끌고 갔고, 태현은 자리에서 일어나 B급 플레이어들을 향해 싱긋 미소를 보였다.

"자. 슬슬 준비를 하도록 하죠."

"……."

"이런 다들 긴장이라도 하신 건가요. 왜 이리 굳어 계시는 겁니까?"

스킬도 특성도 아닌 오직 경험만을 통해 발출된 살기.

간접적으로 위험을 감지한 일부 플레이어들은 경계 어린 눈빛으로 태현을 재차 살폈다.

'저 녀석, 뭐야? 그저 머리만 잘 굴리는 줄 알았더니 기세가 장난이 아니잖아. 설마 아놀드 님도 이 사실을 알고 계시는 건가.'

'……무슨 놈의 살기가 이렇게 오싹해? 아냐. 순간 쫄 뻔했네.'

'역시 평범한 놈이 대형 길드의 지원을 받을 리는 없겠지. 항시 조심해야겠어.'

등급에 상관없이 느껴지는 강렬한 살기에 의혹이 짙어진다. 하지만 태현은 상관하지 않고 살짝 천막을 걷어내 하늘을 올려다봤다.

'페널티 부여 주문서. 최단 기록을 달성한 자를 대상으로만 나오는 행운 상자의 확률 아이템이었지. 아마?'

때아닌 몬스터들의 습격.

정확히 감지계 효과를 차단한 페널티 부여 주문서까지.

우연이라고 치부하기엔 너무도 딱딱 들어맞았다.

'이미 진영의 막사로 잠입해 있거나 혹은 진입 때를 노려 합류하겠지. 하지만 이번만큼은 절대 양보 못 해. 고용찬.'

몇 차례나 검토하며 만들어낸 계획이다. 만약 용찬이 인상착의를 가린 채 잠입에 성공했다고 해도 몇 차례 검사를 통해 금방 정체가 드러날 터.

태현은 첫 번째 열쇠를 매만지며 등을 돌렸다.

그 순간.

"크, 큰일 났습니다. 리미트리스 진영과 쿤다 진영에서 저희 진영의 막사를 확인하고 싶다고 요청이 들어왔습니다!"

"……뭐?"

또다시 계획에 균열이 생기기 시작했다.

"화, 확실히 말하고 왔어. 근데 정말 사실이야?"

"음."

"정말 사실 맞아? 자칫 잘못하면 내 목이 날아갈 수도 있다고!"

무려 2위에 달하는 대형 길드의 막사로 찾아가 B급 플레이어를 목격한 것 같다고 진술한 레버튼. 자신이 알려준 대로 정확히 정보를 전달하고 돌아왔지만 두려운 것은 어쩔 수 없는 모양이다.

용찬은 멱살을 부여잡고 매달리는 그를 막아내며 기억을 더듬었다.

'과연 놈은 어떠한 방법으로 다른 진영에게 들키지 않고 B급 플레이어들을 다시 데려온 걸까.'

진영 주위에는 온갖 마력 기술 및 디텍터 기술들이 깔려 있기에 보통 스킬로는 어림도 없다.

"설마 잘못 본 거야? 그런 거냐고!"

"……시끄럽다."

"으아아아. 신이시여. 시간을 되돌려 주소서!"

"잠깐. 되돌린다고?"

불현듯 소환사들의 역소환 스킬이 떠올랐다.

물론 보통 스킬의 효과라면 다른 계열의 효과를 피해내기 어렵겠지만 한 가지 직업은 달랐다.

'그래. 서머너가 있었지. 리오스 진영의 유일한 서머너 레이안. 그 여자를 회유했다면 플레이어들을 다시 데려오는 것은 간단해.'

한때 머더러가 되어 종호의 손에 죽임을 당했던 레이. 소환계 분야에서 그 누구도 따라잡을 수 없는 확고한 위치에 서 있었지만 지나친 성격 탓에 빠르게 소멸당한 기억이 있었다.

어느 정도 태현의 계획이 머릿속으로 그려지던 용찬은 뒤늦게 가까워지는 발걸음 소리를 확인했다.

"레버튼. 이 미친놈이……. 어디 숨어 있나 했더니 여기 있었냐?"

"헉. 간부님들!"

"아나. 이 새끼가 진짜 사람 빡돌게 만드네. 그런 걸 봤으면 우리한테 먼저 보고를 했어야지. 제버스 길드도 아니고 2위 길드인 펄션의 막사로 찾아가? 이리 따라와. 병신 새끼야!"

얼핏 기억에 남아 있던 제버스 길드의 간부 두 명이 덥석 레버튼의 머리를 움켜쥐었다.

그 순간, 잠자코 상황을 지켜보던 용찬이 휘태와 민수의 손을 쳐냈다.

"넌 또 뭐야?"

"죽고 싶지 않으면 그 손 치우는 게 좋을 거야."

"하. 네가 감히 우리를 죽인다고?"

"아니, 내가 아니야."

막사 바깥쪽으로 돌아가는 고개.

마침 새로운 손님들이 줄지어 도착한 가운데, 두 명의 안색이 파리하게 변해갔다.

"퍼, 펄션 길드?"

"제버스 길드의 하위 간부로군. 그만들 하도록 하지. 이제부터 그 플레이어의 신변은 우리가 인수하게 됐으니까."

"무슨 말도 안 되는 소리입니까! 이놈은 우리 제버스 길드의……."

"따로 길드 측에서 소식이 전달되었을 텐데? 네놈들은 하위 간부라서 아직 전달받지 못했나 보군."

선두에 서 있던 사내가 양피지를 펼쳐 들었다.

마력으로 활성화 된 길드 마스터의 각인. 그제야 휘태와 민수도 입을 꾹 다물고 레버튼을 손에서 놓아주었다.

"확인했으면 얼른 너희 길드 막사로 돌아가도록."

"……빌어먹을!"

단숨에 불청객을 쫓아낸 사내는 한숨을 내쉬며 레버튼에게 손을 내밀었다.

"펄션 길드의 간부 박현이다. 레버튼 맞겠지?"

"예, 예!"

"아까 전에 했던 얘기를 더욱 자세하게 듣고 싶군. 상당히 중대한 문제라서 말이지. 무슨 뜻인지는 알고 있겠지?"

"물론입니다!"

"적극적이라서 다행이야. 그나저나 저쪽은 동료인가?"

정보를 알려준 장본인이 용찬이란 것은 꿈에도 모르던 박현은 그를 단순히 동료 수준으로 여기며 곁눈질했다.

분위기를 파악한 용찬은 은근슬쩍 뒤로 물러났다.

'우선 여기까지만 나서야겠군.'

여기서 더욱 존재감을 드러내 봤자 득이 될 것은 없었다.

"예. 동료입니다."

"음. 그러면 일단 둘 다 따라와라."

하지만 용찬이 미처 거절하기도 전에 레버튼이 급히 고개를 끄덕이며 동행은 결정되고 말았다.

"지금 뭐하는 짓이냐."

"나한테 이런 정보까지 준 널 내버려 둘 리 없잖아. 기왕 이렇게 된 거 나랑 같이 가자!"

"……."

결국 펄션 길드의 막사까지 따라가게 된 용찬은 심각한 표정이 되어 모여 있는 각 길드의 간부들을 만나게 됐다.

그리고 그들 중심에서 이어진 레버튼의 진술.

겨우 몇 마디 던져준 정보에 조금 더 살을 붙이며 자연스럽게 이야기를 꾸며내고 있었다.

'그래도 살아남고자 열심히 발버둥 치는군. 정보를 알려줄 때만 해도 제대로 말도 못 할 줄 알았는데.'

점점 원하던 목적대로 상황이 부풀기 시작했다. 그렇게 모든 진술을 마친 레버튼은 대략 두 시간이 지나서야 막사에서 나오게 됐고, 뒤늦게 미안한 표정을 지으며 용찬에게 다가왔다.

"그런데 정말 내가 봤다고 말해도 되는 거야? 괜히 네가 건진 정보를 뺏어가는 것 같아서 미안해지는데."

"알고 있다니 다행이군."

"지금이라도 내가 말해줄까? 함께 발견한 거라고. 너도 봤잖아. 길드 가입을 약속받는 거. 잘하면 너도 같이 들어갈 수 있을……."

"아니, 필요 없다."

"그, 그러면 어쩔 수 없지. 그래도 메신저 등록은 해주라. 응?"

찰싹 달라붙는 레버튼의 몸짓에 절로 인상이 구겨졌지만 상관없었다.

용찬은 서서히 막사로 모여드는 리미트리스 진영의 간부들을 보며 입가를 말아 올렸다.

'어차피 목적은 달성했으니까.'

그 시각, 막사로 모여든 리미트리스와 쿤다 진영의 길드. 간부들은 진술을 통해 정리된 내용을 확인하고 있었다.

"……그러니까 우연히 리오스 진영의 막사에서 B급 플레이어로 보이는 자들을 봤다는 거죠?"

"그런 것 같습니다. 인상착의는 후드 등으로 가려져 있어서 정확히 확인은 불가능했다고 하더군요. 일단 리오스 진영 측에게 막사 공개를 요구하고 있긴 한데……."

모두의 시선이 테이블 중앙의 수정구로 향했다.

통신의 대상은 다름 아닌 총지휘관 유태현.

하지만 통보를 내린 지 몇 시간이 지나도 대답은 들려오지 않고 있었다.

"이거 완전히 들켜서 응답도 없는 반응이잖아."

"설마 뒤꽁무니 빼고 진영으로 돌아간 건 아니겠지?"

"에이. 그럴 리가. 애초에 지들 진영에서 주도한 공략이잖아. 원탁회의에서 어떤 망신을 당하려고 그 지랄을 떨겠어. 일단 길드 측에 소식은 전달해 놨는데 어떻게 나오려나."

각자 메신저와 통신 수정구를 통해 길드 마스터에게 보고하는 가운데, 막사 전체로 사뭇 긴장감이 흘렀다. 자칫 잘못하면 거울성을 앞두고 길드 및 진영 간의 대립이 벌어질 수도 있는 상황.

신중히 팔짱을 끼고 통신을 기다리고 있던 박혁은 뒤늦게 중요한 사실을 떠올리며 인상을 구겼다.

"이런. 그러고 보니 푸른 꽃들은 유태현이 모조리 회수해 갔었군."

"아차차. 그랬었지. 근데 섣불리 진입이나 할 수 있겠어? 괜히 들어갔다가 다구리만 존나게 당할 텐데."

"만약 놈이 뒷감당을 감수하고 일을 벌이는 거라면 다르겠지."

결국 거울성만 공략되면 다시 진영 간의 대립이 재개될 것이다.

즉, 원점으로 되돌아가는 꼴이다.

물론, 리오스 진영 내에서 하이드를 필두로 유태현 측 세력이 약화되긴 하겠지만 그것까지 감당할 자신이 있다면 큰 무리를 하면서 거울성의 보상과 타 진영 세력 약화를 노릴 수도 있는 일이었다.

그제야 간부들은 예상보다 일이 더욱 심각하다는 것을 깨닫고 즉시 자리에서 일어났다.

"젠장. 이렇게 된 거 차라리 리오스 진영 막사로 쳐들어가자고."

"맞아요. 언제까지 길드 입장만을 기다리고 있을 순 없다구요."

"지금도 안에선 대형 길드끼리 자기 입장만 주장하고 있겠지. 여기가 무슨 정치판도 아니고 다들 뭐 그리 쫄아 있어. 우리끼리라도 직접 찾아가서 증거를 확보하자고!"

서로 눈치만 보는 회의는 더 이상 필요 없었다.

이미 거울성 입장 재료라고 알려진 푸른 꽃에 플레이어들의 정보가 입력된 상태에서 가만히 통신만 기다릴 수도 없는 노릇이었다.

하지만.

[거울성으로 입장합니다.]

[총 1,239명의 플레이어가 거울성으로 진입합니다.]

그들의 결단은 너무 늦어버린 것인지 최악의 상황이 도래했다.

“이, 이런 빌어먹을 새끼가!”

“안 돼. 놈에겐 B급 플레이어들이 있을 거라고!”

“젠장. 취소 버튼. 취소 버튼은 왜 없는 거야!”

버랭스 들판 전체를 감싸는 푸른 마력. 강제력이 담긴 시스템은 막사의 플레이어들을 단 한 명도 빠짐없이 거울성 내부로 이동시키고 있었다.

그리고.

-이렇게 된 거 안에서 보도록 하자고.

테이블 위에 놓인 수정구가 잠시 빛을 발하더니 이내 꺼져갔다.

거울성의 입장 소식이 전해진 날, 세 개의 진영은 발칵 뒤집어졌다.

특히 원탁회의를 통해 리오스 진영에게 주도권을 맡겼던 대형 길드들은 간부들이 전해온 정보에 분노를 감추지 않았고, 그것은 디어스 길드의 차소희도 마찬가지였다.

"불사 특성을 가진 보스를 상대로 자신만만하더니 결국 이런 짓거리를 벌이는군. 어쩐지 전력을 보강해도 시원찮을 마당에 왜 B급 플레이어들을 무작정 돌려보내는가 했어."

그녀는 총지휘권을 맡은 태현이 석연치 않았다. 애초에 B급 플레이어들을 돌려보낸 것도 하이드의 입김이 없었더라면 거절했을 것이다.

"다른 길드들의 반응은 어때?"

"저희와 마찬가지입니다. 이미 버랭스 들판으로 이동한 길드들도 있더군요. 거의 리오스 진영과 전쟁을 치를 기세입니다."

부길드장 백설희의 보고에 절로 한숨이 나왔다.

이렇게 일촉즉발의 상황임에도 불구하고 하이드 길드 측은 아직까지 아무런 입장을 표명하지 않고 있었다.

'진정으로 힘 싸움을 해보자 이건가. 그게 아니면 아직도 눈치 없이 상황만 지켜보고 있는 건가.'

어떤 쪽이든 악몽의 탑 이래로 대규모 전투가 벌어질 만한 사건인 것은 틀림없었다.

앞서 거울성 공략을 주도한 것은 아놀드 파커. 그리고 총지휘권을 맡아 자신들을 속인 것은 그의 휘하에 있던 유태현이었다.

만약 이번 일이 태현의 독단적인 행동이었더라도 책임은 리오스 진영 측에 있다고 봐야 할 것이다.

"더 이상 생각할 것도 없겠지. 길드원들 전부 소집해. 우리도 버랭스 들판으로 간다."

"악몽의 탑은 어쩌실 생각이십니까?"

"그놈들도 휘하의 길드원들을 잃기 싫으면 따라서 찾아오겠지. 물론, 다른 두 진영이 승냥이 떼처럼 기회를 노리고 달려들 테지만 상관없어. 우선 아놀드 그놈이 뭐라고 씨부리는지 직접 들어봐야겠어."

거울성 공략에 참여한 플레이어들 중에선 디어스 길드원도 일부 포함되어 있었다.

설희는 주저할 것 없이 마스터의 명령에 따라 대대적으로 길드원들을 소집시켰고, 권좌인 소희를 중심으로 디어스 길드도 버랭스 들판으로 이동하기 시작했다.

-이게 어떻게 된 일이냐. 유태현. 분명 들킬 가능성은 거의 없다고 했지 않았나?

"일이 좀 꼬여 버려서 말이죠. 아무래도 날파리 한 명이 끼어든 모양입니다."

-이제 와서 방해꾼이 있었다고? 변명 따위 집어치워라. 네놈 때문에 우리 쪽은 상황이 무척 곤란하게 됐어. 이제 더는 되돌리지 못한다고!

통신 수정구를 통해 들려오는 목소리는 격하기 그지없었다.

직접 의견을 밝히며 공략을 주도한 아놀드로선 이번 사건으로 인해 입장이 무척 곤란해졌을 것이다. 하지만 태현 또한 난감한 것은 마찬가지였다.

"일단 진영 내부 세력들부터 신경 쓰시기 바랍니다. 저희 쪽은 제가 알아서 처리해 보죠."

-웃기지 마라. 벌써부터 대형 길드들이 버랭스 들판으로 이동 중이야. 여기서 길드원들을 잃는다는 게 어떤 상황을 초래하게 될지 너도 잘 알고 있을 텐데?

"걱정하지 마십시오. 진영 간의 관계가 악화되는 것은 저로서도 어쩔 수 없는 일이지만 귀환에 관해서는 다 생각이 있습니다."

-빌어먹을! 거울성의 보상이 얼마나 대단한지는 모르겠지만 이렇게 된 거 최대한 성공시켜라. 만약 여기서 실패까지 한다면…….

"그럴 일 없습니다. 그럼 이만."

마저 얘기를 듣지 않고 통신을 꺼버린 태현의 시선이 돌아갔다.

거울성에 입장한 리오스 진영 플레이어들만 해도 무려 7백여 명.

"워후. 대단히 뻘났네. 이러다가 우리 길드에까지 피해 오는 거 아닌가 몰라."

"올 수밖에 없을 겁니다. 지금은 저희들 모두 하이드 길드와 동맹 관계이니까 말이죠."

"이런. 그건 좀 그런데 말이지."

그중에서 함께 데려 온 다섯 명의 일행과 B급 플레이어 50명까지 포함한다면 전력상으로는 다른 진영과 비교가 불가능했다.

게다가 이미 거울성의 내부 구조 또한 낱낱이 파악하고 있는 상태였다.

'문제는 고용찬, 그놈이겠지. 회귀 이전을 생각해 본다면 리미트리스 진영에 섞여 있을 가능성이 가장 크겠지만 신분을 속이고 잠입했을 가능성도 무시할 순 없어.'

뒤따라 입장하는 두 진영의 길드원들을 보며 빠르게 머리가 굴러갔다.

지금 가장 필요한 것은 용찬을 찾아내는 것이 아닌 방해꾼들 자체를 제압하는 것이다. 하지만 보스를 위해 데려온 전력을 손상시킬 수도 없는 노릇이기에 태현은 차선책을 택했다.

“지금부터 인원을 약간 나누겠습니다. 아둔 님과 동현 님이 A팀, 레이 님과 유이치 님이 B팀입니다. 길드원들을 맡길 테니 두 진영을 부탁드립니다.”

“어이. 잠시만. 그게 무슨 소리야. 다른 두 진영을 부탁한다니? 그냥 여기서 놈들을 전부 쓸어버리면 되는 거 아냐?”

“물론 가능하긴 하겠지만 시간도 없고 저희 쪽도 일부 피해를 받게 될 겁니다. 일단 가능한 만큼만 진입을 방해해 주시면 됩니다. 그동안 제가 B급 플레이어 분들을 데리고 공략에 나서겠습니다.”

과감하기 그지없는 방식이었지만 보상을 독점하기 위해선 어쩔 수 없는 선택이었다.

그리고 그들에게 통신 수정구를 건네준 태현은 빠르게 B급 플레이어들과 진입을 시작했다.

1층에 남겨진 네 명은 서로를 곁눈질하다 이내 고개를 돌렸다.

“이 개자식들아! 유태현, 어디 갔어?”

“감히 너희들끼리 보상을 독점하려고 했다, 이거지. 우리가 그걸 가만히 놔둘 것 같아?”

“이미 저희 길드들도 움직이기 시작했어요. 거울성 공략이 끝나고 어떻게 될지 두고 보도록 하죠!"

거의 폭발하기 직전의 기세로 으르렁거리는 타 진영 플레이어들. 서로 대치 구도인 상태에서 그들은 자신들의 숫자를 믿고 위협을 하려 들었다.

허나, 리오스 쪽 또한 미리 태현이 일부 B급 플레이어들을 남겨둔 상황. 전력상으로 우월하다는 것을 판단한 동현이 가장 먼저 눈앞의 여성을 불태웠다.

"꺄아아악!"

"미, 미진아!"

"저 자식들이 진짜 뒤지려고!"

곁에 있던 마법사들이 급히 불길을 진화한다.

미진이라 불린 여성은 성직자들의 품에서 치유받기 시작했고 보다 못한 간부들이 앞으로 나섰다.

하지만.

"지금부터 여러분들은 단 한 발자국도 여기서 움직이지 못합니다. 아시겠습니까?"

동현의 손바닥 위에서 이글거리는 불덩어리는 너무도 위협적이었다.

결국 B급 플레이어들까지 그의 곁으로 나오자 간부들도 쉽사리 덤벼들지 못하는 상황이 됐고, 적의 서린 시선들 사이에서 묘한 침묵이 오갔다.

그리고 망설이는 자들 속에서.

'우선 길부터 뚫어야겠군.'

단 한 명만큼은 여유롭게 상황을 지켜보고 있었다.

총 4층 규모의 거울성은 한 층마다 온갖 장애물과 적들이 도사리고 있고 간간이 함정들도 존재해 쉽게 돌파가 불가능하다.

'대형 길드 간의 충돌은 거의 대규모 수준의 전쟁. 그것을 알면서도 이런 선택을 했다는 건 아예 피해를 감수하겠다는 뜻이군. 너다운 선택이라고 볼 수 있겠지만 악몽의 탑 진행이 느려진다는 사실은 변함이 없지. 곤란하게 됐겠어. 유태현.'

이것으로 진영이 연합해 첫 번째 목표를 노리는 계획은 자연스레 늦춰질 것이다.

이제 남은 것은 태현보다 앞서 거울성을 공략하는 일뿐이었다.

"저, 저 사람 괜찮은 거겠지?"

"신성력으로 치유해도 화상 자국은 남게 되겠지."

"젠장. 저 자식. 너무하잖아!"

"쯧. 너부터 신경 써라."

괜히 동현을 향해 분노하던 레이튼이 입을 꾹 다물었다. 만연하는 감정과 달리 무력한 자신이 할 수 있는 일은 거의 없었기 때문이다.

그것을 깨우쳐 준 용찬은 마왕성 시스템 창을 살피며 조심히 리오스 진영 측을 훑어봤다.

'숫자는 우리가 백 명 정도 더 많지만 역시 B급 플레이어들과 저놈들이 문제겠지. 그럼 가볍게 계기부터 만들어볼까.'

당장 B급 플레이어를 상대할 정도로 능력치가 높진 않다.

다만, 교전이 벌어지게 되면 상황은 달라지게 마련이었다.

놈들도 사람이라면 빈틈은 있을 터.

"어어, 너 어디 가는 거야?"

지금은 그런 기회를 만들어 줄 필요가 있었다.

용찬은 다른 자들의 시선을 무시한 채 천천히 앞으로 걸어나갔다.

"잠깐. 거기 멈추십시오. 더 이상 나아가지 못합니다."

"……."

"아까 전에 불타던 여성 분을 못 보신 겁니까. 용기는 가상하지만 지금 당장 뒤로……."

콰앙!

단숨에 내지른 주먹이 불의 장막에 가로막힌다. 급히 두 겹의 방어막을 펼친 동현은 서서히 금이 가는 장막에 눈이 휘둥그레졌다.

“내 마력 능력치를 능가하는 근력이라고?”

“자만하고 있군. 하멜에는 너를 뛰어넘는 괴물들이 수백, 수천 명은 널려 있다.”

“큭. 다들 공격하십시오!”

가만히 상황을 지켜보던 리오스 진영 플레이어들이 지원에 나섰다.

속성계 마법부터 시작되어 마력이 실린 화살들까지. 순식간에 화력이 집중되자 동현을 몰아넣던 용찬이 역으로 위험에 처했다.

[레오스 팔찌의 효과가 발동됩니다.]

[마력 실드 사용 횟수 1/1]

‘이대로 가면 금방 당하겠군. 아직 멀었나?’

마력 실드와 민첩한 속도 덕분에 피해는 그럭저럭 줄이고 있었지만 다수를 계속 상대하는 것은 무리였다.

게다가 동현의 마법은 예상대로 C급 수준의 위력.

아직 다른 플레이어들은 움직이지 않고 있었지만 혼자서 할 수 있는 것은 거의 없다고 볼 수 있었다.

하지만.

“제, 젠장. 등급이 무슨 대수냐. 에라, 모르겠다!”

“이 자식은 또 뭐야?”

“이 자식이 아니라 레버튼이라…… 크헉!”

반응을 이끌기엔 충분했고 가장 먼저 레버튼이 달려들었다. 간부들은 근접형 스킬에 맞아 볼썽사납게 바닥을 구르는 레버튼을 보며 식은땀을 흘렸다.

‘저 자식들은 B급 플레이어를 숨겼다고 제보한 녀석들이잖아. 도대체 무엇을 믿고 저렇게까지 하는 거야?’

‘무투가로 보이는 저놈은 실력이 상당해 보이지만 이대로 가면 금방 죽을 거야.’

‘젠장. 전력 차이가 너무 심해. 전부 달려든다고 해도 가망이 없을 텐데. 어떻게 해야 하지?’

정작 간부들도 아닌 그들이 먼저 나서기 시작하자 망설임은 더욱 심해졌다.

무모하지만 계기를 만들기에 충분한 광경.

그 행동에 답하듯 성향이 대체적으로 선한 디어스 길드와 펄션 길드의 간부가 가장 먼저 반응을 보였다.

“이렇게 가만히만 계실 겁니까. 저놈들의 행동은 저희 진영에 대한 선전포고입니다. 이대로 당할 순 없습니다!”

“젠장. 간부가 아닌 놈들도 저렇게 달려드는데 다들 뭐하고 있어. 얼른 도우라고!”

“이참에 리오스 진영 놈들에게 본때를 보여주자고. 죽여 버려!”

진영에 대한 자긍심과 소속감. 비록 두려움에 못 이겨 벌벌 떨고 있는 자들도 있었지만 대체적으로 적의는 가득했다.

그렇게 간부들이 먼저 모범을 보이자 다른 자들도 뒤따라 지원을 하기 시작했다.

"……무모하기 짝이 없군. 전력 차이가 확실한데도 달려든다 이건가?"

"뭐, 어쩔 수 있나. 지들도 자존심은 있다, 이거겠지. 그러면 우리도 움직여 보자고."

"하아. B급 플레이어들도 있으니까 나는 편하게 뒤에 있을래."

순식간에 교전이 벌어지자 리오스 진영도 가만히 있진 않았다.

태현이 직접 회유한 동료들부터 시작해 B급 플레이어들까지. 막강한 스킬과 특성으로 무장한 그들이 본격적으로 전투에 나서자 전세는 단숨에 기울어졌다.

-갑자기 무투가 한 명이 덤벼들었다, 이거군요. 혹시 생김새는 어떻습니까?

"여행자 로브 때문에 인상착의는 확인이 안 되는군. 후드를 벗겨야 확인이 될 것 같은데. 음. 마침 내 쪽으로 오는군."

-그렇다면 우선 얼굴부터 확인하실 수 있겠습니까?

"그럴 필요도 없지. 대충 C급이나 D급 정도는 되어 보이지만……."

치열한 전투 속에서 두 명의 남자의 눈이 마주쳤다.

태현에게 보고를 올리던 아둔은 잽싸게 창을 정면으로 내질렸다.

"내 상대는 안 되니까!"

붉은 기력으로 물든 거대한 창. 특성으로 강화된 기술은 상대를 꿰뚫을 기세로 쇄도했다.

[카운터가 발동됩니다.]

[대쉬가 발동됩니다.]

그 순간, 창의 경로가 강제로 틀어지며 무투가의 신형이 앞으로 점멸했다.

까아아앙!

"크으윽!"

간신히 건틀릿을 막아낸 아둔은 더 이상 여유를 유지하지 못했다.

단 한 번의 공격으로 몇 발자국이나 뒤로 밀려난 신형.

-……설마 놈이 착용하고 있는 게 건틀릿입니까?

"크읍. 거, 검은색의 건틀릿을 말하는 건가?"

-젠장! 조심하십시오. 놈의 앞에서 방어는…….

퍼억!

수정구에서 흘러나오는 목소리. 하지만 아둔은 더 이상 태현의 말에 귀를 기울이지 못했다.

온몸을 자극하는 광기 들린 시선.

그리고 창을 비집고 안면으로 파고드는 건틀릿까지.

-아무런 소용도 없습니다!

"크헉!"

나름 내구 능력치가 높다고 생각하던 아둔의 자신감이 단숨에 깨지는 순간이었다.

쿠구구궁!

바닥이 몹시 요란스럽게 흔들거린다.

한동안 잠잠하던 거울성으로 침입자들이 들이닥친 모양이다.

"……."

방 한편으로 시체를 옮기던 괴인은 잠시 생각했다.

과연 그들이 침입한 목적은 무엇일까.

물론 최근 들어서 주변 플레이어들을 살해하고 다니긴 했지만 이렇게 직접적으로 성 내부를 노린 것은 처음이었다.

만약 무언가 목적을 가지고 침입한 것이라면 생각해 볼 수 있는 것은 두 가지.

거울성의 보스로 군림하고 있는 자신.

혹은…….

"아이리스를 그렇게 만든 것은 레베스 상단주도 공작가도 아닌 바로 이 세상이다. 절대 그것을 잊지 마라."

문득 과거의 기억들이 떠올랐다.

수백 년 동안 죽지 않고 대륙에 남아 있던 이유.

아니, 죽을 수 없던 단 하나의 이유.

"……아이리스."

테라스로 비친 햇살이 정중앙을 밝힌다.

무수히 피어난 꽃들 사이로 은발의 소녀가 누워 있었다. 마치 영원히 일어나지 않을 것처럼 평온하게 눈을 감고 있는 그녀.

괴인은 소중히 아이리스의 머리를 쓸어 만지며 결론을 내렸다.

[침입자들이 거울성 2층으로 진입했습니다.]

[보호 수단을 발동시키겠습니까?]

어떤 목적이든 침입자를 제거해야만 이룰 수 있는 간절한 소망. 그 과정이 얼마나 고통스럽던 상관없었다.

이미 수십, 수백 차례나 겪어왔기 때문에 괴인은 다시금 검을 뽑아 들을 수 있었다.

"발동시켜."

오직 아이리스를 위해.

아둔 프라이언.

힘 능력치와 내구 능력치를 기반으로 삼아 하멜에서 6년 동안 살아남은 플레이어다.

아마 태현과 합류하면서 그에게 여러 가지 조언도 들었을 터.

성장력과 스킬들을 생각해 본다면 지금도 쉽사리 상대할 만한 놈은 아니었지만.

쿠웅!

자신도 1년 동안 가만히 있던 것은 아니었다.

[볼버의 흑수(+1)]

[등급:레어]

[옵션:근력 능력치 4 상승, 내구 능력치 4 상승, 일정 시간 동안 어둠의 속성력을 부여(지속 시간 상승).]

한차례 강화를 통해 좀 더 파괴력이 높아진 건틀릿.

용찬은 벽에 처박힌 아둔을 놓치지 않고 마력을 끌어모아 마력탄을 쏘았다.

[마력탄이 발동됐습니다.]

[창의 가호가 발동됐습니다.]

하지만 아둔은 마법 저항력을 높이는 버프 스킬을 시전해 피해를 최소화시켰다. 그리고 오크들을 막을 당시 봤던 주력기 심판의 창을 또다시 발동하며 거리를 벌렸다.

"……힘 능력치가 어마어마한가 보군. 나름 내구 능력치에 자신이 있었는데 얕보면 안 되겠어."

"아직도 착각하고 있는 것 같은데."

"음?"

"무투가에게 있어 힘 능력치는 두 번째야."

잠시 멈췄던 발에 다시금 제동이 걸리기 시작한다.

이미 부족한 민첩 능력치는 질긴 웨어 울프 가죽 튜닉을 통해 채운 상태.

연달아 뇌보까지 발동되자 용찬의 신형은 진작 그의 앞에 도달해 있었다.

까앙!

아슬아슬하게 창에 가로막힌 주먹.

역시 회귀 이전 하이 랭커답게 반응 속도만큼은 놀라웠다.

다만, 안타깝게도.

"크윽?"

"막을 수 있다고 생각하나?"

그가 상대하는 자는 권좌에 앉았던 무투가였다.

순간 적이 공격을 막는 타이밍, 회피하는 몸동작, 반격을 노리는 눈빛까지. 용찬 앞에선 모든 것이 무용지물인 것이다.

타앙!

정확한 순간에 복부로 파고드는 일점 격발.

방어력이 높은 플레이트 아머로 인해 치명상은 면했지만 타격이 없는 것은 아니었다.

"크으으읍. 이런 젠장!"

"어딜 도망가려고?"

"웃기지 마라!"

붉은 기류가 섞인 창이 상체를 찔러왔다.

아둔의 심정에선 어떻게든 다시 거리를 벌리고 싶을 터.

턱!

하지만 조급함이 늘 화를 부르는 법이다.

창의 옆면을 가볍게 밀어 넘기고.

"크윽. 이 자식이!"

꼿꼿이 유지되던 다리를 후려 차면 자연스럽게 균형이 흔들린다.

그 틈을 노려.

[붕권이 발동됩니다.]

[숄더 어택이 발동됩니다.]

다시금 정면으로 파고들면 흐름은 자신에게 올 수밖에 없었다. 용찬은 그의 안면을 걷어차 올리며 말했다.

"항상 아래를 내려다볼 수 있다고 생각하지 마라."

"끄어억!"

정확히 관자놀이에 꽂히는 건틀릿.

묵직한 충격에 투구가 찌그러는 순간 절대자의 기세가 표출됐다.

"아래가 존재하듯 위도 존재하게 마련이니까."

털썩!

발밑으로 전투 불능 상태가 된 아둔이 쓰러졌다.

무려 몇 합 만에 끝이 나버린 전투.

'일단 여기서 놈을 제거해 두면 나중에 귀찮을 일을 피할 수 있겠지.'

판단을 마친 용찬이 파쇄를 사용하기 위해 발을 치켜들었다. 그 순간, 눈앞으로 불길의 벽이 만들어졌다.

"후우. 한발 늦었군요. 아둔 님을 이렇게 만들 정도의 실력자라니. 지금부터는 좀 다르게 상대해 드리겠습니다."

“쯧. B급 플레이어까지 끌고 온 건가.”

“C급 마법사들도 함께 데려왔습니다. 한번 버텨보시죠.”

“……큭. 어이가 없군.”

순식간에 후방에 있던 플레이어들까지 몰려와 주위를 둘러쌌다.

동현을 위주로 모여든 B급 플레이어 2명과 C급 마법사들. 가장 먼저 속박계 기술들이 쏟아지며 차례대로 위력적인 마법들이 작렬했다.

‘얼른 거울성을 공략해 상태 이상에 대한 저항력도 마련해야 될 텐데.’

뇌보로 공격들을 피하는 와중에 걱정이 몰려왔다.

용찬은 혀를 차며 땅을 내리찍었다.

콰앙!

“이런다고 도망칠 수 있을 거라 생각하시는 겁니까?”

“도망치는 게 아냐.”

“무슨?”

사방으로 파편들이 튀는 상황 속에서 뱀처럼 날카로운 눈빛이 향해 왔다.

“그저 예정했던 대로 움직이는 거야.”

“이, 이런. 얼른 뒤쫓아야!”

순간 동현이 멈칫하는 사이 용찬의 모습이 눈앞에서 사라졌다.

암살왕의 머플러의 투명화를 통해 감춰지는 신형. B급 플레이어들은 급히 감시계 스킬을 시전하려 했지만 간과하고 있던 게 한 가지 있었다.

"젠장. 아직도 페널티 부여 효력이 남아 있어!"

"미치겠네. 사방이 온통 플레이어들이라서 쉽게 찾지도 못하잖아."

세 진영의 플레이어로 뒤섞여 엉망진창이 된 1층. 다행히 전투의 양상은 리오스 쪽으로 넘어오고 있었지만 중요한 것은 용찬이었다.

"죄송합니다. 무투가를 놓쳐 버렸습니다."

-주변에서 찾을 수 없었습니까?

"으음. 한창 두 진영을 상대로 전투 중인 상태입니다. 게다가 여행자 로브를 입은 자들도 꽤나 많아서 찾기가 좀……."

-어쩔 수 없군요. 일단 아둔 님은 성직자들에게 맡기고 제가 말하는 분과 함께 급히 이쪽으로 넘어와 주십시오.

"알겠습니다!"

순간적으로 방심한 자신의 잘못도 컸다. 그 때문인지 동현은 이를 갈며 지시에 더욱 바삐 움직였다.

그리고 유이치, 레이가 B급 플레이어 한 명을 데리고 함께 2층으로 향하기 시작했다.

물론.

"저, 저기. 언제까지 내 뒤에 그렇게 붙어 있을 거야?"

"네 덩치가 커서 다행이군."

뒤쫓는 상대는 아직 1층에 머물러 있었지만 말이다.

"우씨. 그렇게 크지도 않다고. 이 정도면 양호한 거야. 알아?"

"쯧. 단어 선택이 잘못됐군."

한 치의 물러섬도 없는 용찬의 대답에 레버튼의 표정이 금세 시무룩해졌다.

그사이 남아 있던 길드의 간부들은 B급 플레이어들의 위력적인 스킬에 고전을 면치 못하고 있었는데, 이미 치유 스킬로도 회복이 불가능한 자들도 속속히 보이고 있었다.

"그나저나 너 그런 실력을 가지고 있으면서 왜 길드에 들지 않는 거야? 그 정도면 대형 길드에서도 스카웃할 정도라고!"

"입 다물고 움직이기나 해라. 이러다간 전투에서 패배할 거다."

"그, 그렇긴 한데 내가 도움이 될 수 있을까?"

"당연한 소리를."

별 볼 일 없는 D급 탱커가 가장 도움이 될 수 있는 방법.

그것은 이미 정해져 있는 것이나 다름없었다.

레버튼은 씨익 웃고 있는 용찬을 보며 괜스레 몸을 떨었다.

'왜, 왠지 불안한데.'

그 시각, 거울성 2층. 긴 나선 계단으로 이루어진 복합형 구조 속에서 마침내 복도가 드러났다. 미리 태현과 함께 2층으로 진입했던 플레이어들은 양쪽으로 보이는 방문에 발길을 멈췄다.

"방은 더럽게 많은 것 같은데. 그냥 이대로 3층으로 올라가도 되나?"

"아뇨. 잠시 수색해 보도록 하죠."

"응? 우리 지금 급한 상황 아니었어? 1층에 다른 진영 놈들도 있잖아."

"어차피 뒤따라오는 놈들이 있다고 해도 이 계단을 통해 올라올 수밖에 없습니다. 우선 따로 인원을 나눠서 방을 뒤져보도록 하죠. 혹시 압니까. 레어급 이상의 아이템이 있을지?"

태현의 말에 B급 플레이어들의 눈빛이 달라졌다. 비록 등급 제한이 낮긴 했지만 A급 보스가 도사리고 있는 곳이라면 히든피스의 가능성도 충분히 생각해 볼 수 있었다. 때문에 그들도 마다하지 않고 서둘러 방을 뒤지기 시작했다.

"뭐야. 쓸 만한 것은 나오지 않고 죄다 골동품뿐인데?"

"여기는 뭐하는 방이었길래 옷들이 이렇게 많은 거야? 누가 살고 있던 거 아냐?"

"으음. 여기도 아이템이나 장비는 보이지 않아요."

기대와 달리 텅텅 비어 있는 방 안.

가끔씩 보이는 골동품과 허름한 옷가지에 불평불만만 계속 늘어갔다.

하지만 그들과 반대로 구석진 방에 들어갔던 태현은 예상하던 것을 손에 넣고 만족스러워 하고 있었다.

[직업 전용 스킬북]

'2층에서 얻을 것은 스킬북뿐이었지. 이제 다시 올라가 볼까.'

마침 다른 플레이어들도 다시 복도로 모여들었다. 자신과 다르게 아무것도 얻지 못한 상태였지만 숙련된 자들답게 빠르게 아쉬움을 털어냈다.

태현은 계속 그들을 이끌며 3층으로 올라가려 했다. 그 순간, 복도로 무장한 진흙 인형들이 모습을 드러냈다.

"역시 거울성을 지키는 놈들도 있는 건가."

"등급은 C급 정도밖에 안 돼. 빠르게 처리하고 올라가자고."

"이 정도야 간단하지."

B급 플레이어들이 상위권이라고 불리는 이유는 간단했다.

파각!

"우선 한 마리!"

다른 자들보다 뛰어난 마력 기술, 비교적 높은 능력치.

그리고.

콰콰콰쾅!

직업에 걸맞는 수많은 스킬과 특성까지.

그들은 위력적인 기술들을 사용하며 신속히 진흙 인형들을 제압해갔다.

[그림자 칼날이 발동됩니다.]

그중에서도 유독 눈에 띄는 플레이어는 다름 아닌 태현이었는데, 낮은 등급임에도 불구하고 적절한 대처와 화려한 움직임을 통해 남은 진흙 인형을 처리한 상태였다.

그림자를 이용해 이동하는 기술은 B급 플레이어들조차 놀랍기 그지없는 광경.

"후우. 역시 B급 플레이어 분들과 함께하니 전투가 손쉽군요. 자, 이제 올라가 보도록 하죠."

"그, 그래야지."

정신을 차린 그들은 다시 태현을 따라 계단을 올라가기 시작했다.

그러던 중, 일행을 뒤따르던 한 명이 우연히 바닥에 있던 일지를 발견했다.

[페레스의 일지(3)]

'진흙 인형들을 잡아서 나온 건가. 페레스는 또 누구야?'

특별히 대단해 보이지 않는 아이템.

꼬깔모자를 쓴 마법사는 발길을 옮기면서 일지 속 내용을 확인했다.

[기어코 레베스 상단까지 등을 돌렸다. 어느 정도 예상은 하고 있었지만 역시 그 빌어먹을 놈이 아이리스를 공작가에 팔아넘긴 게 분명하다. 뒤늦게 알아낸 정보에 따르면 부족한 재정을 채우기 위해 공작가와 거래를 텄다고 하는데. 그 거래 물품이 자신의 딸이었다니. 썩을 대로 썩은 놈의 본성에 이제는 구역질까지 나온다. 이미 공작가에서도 수배령을 내린 모양이지만 절대 포기하지 않는다. 끝까지……]

첫 장부터 알 수 없는 내용들로 가득하다.

"한성혁. 거기서 뭐하냐?"

"아아, 갈게."

동료의 재촉에 결국 마법사, 아니, 성혁은 잠시 일지를 넣어두고 다시 발길을 재촉했다.

C 등급부터 플레이어들의 전투 방식은 조금씩 까다로워진다. 승부의 관건은 다름 아닌 상태 이상 효과.

물론, 적절한 계열의 스킬 및 주문서를 통해 대처할 수도 있지만 그것도 숫자 앞에선 한계가 존재하게 마련이다.

'지금의 나로선 상태 이상 효과에 전부 대처할 수가 없지. 하지만…….'

지금도 B급 플레이어 한 명이 주문서를 찢었다.

속박계 마법인 동토진.

범위 내에 가장 가까운 적을 우선순위로 얼어붙게 만들어 움직임을 봉쇄하는 위협적인 효과였지만, 용찬도 나름의 준비를 갖춘 상태였다.

"끄아아악. 내 발이 얼어붙고 있어!"

"엄살떨지 마라. 직접적인 피해는 안 주니까."

"그거랑은 다른 문제라고!"

꼼짝달싹 못 하던 레버튼이 발끈했지만 한 귀로 흘릴 뿐.

이미 용찬은 눈앞의 B급 마법사를 상대하고 있었다.

"이 자식이!"

"쯧. 무리하긴."

근접전에서 벗어나기 위한 몸부림인 것인지 급하게 시전한 마력 결계가 보였다.

[마권이 발동됩니다.]

마력이 모여든 중심부를 비집고 들어가는 건틀릿.

강제로 결계를 벌린 용찬은 인정 사정 볼 것 없이 그대로 붕권을 시전했다.

그리고.

파지지직!

뇌전이 실린 손으로 놈의 머리를 바닥으로 내리찍자 자연스레 신형이 무너졌다. 감전 상태에 걸린 마법사는 어떻게든 벗어나기 위해 용을 썼지만 소용없었다.

"사, 살려……."

콰직!

일점 격발에 박살 난 머리통.

다소 그로테스크한 광경이 연출됐지만 용찬은 묵묵히 피로 홍건한 건틀릿만 털어냈다. 그사이, 동토진의 효과가 끝난 것인지 레버튼이 몸을 떨며 다가왔다.

"너, 너 정말 D급 플레이어 맞는 거야?"

"사람 목숨을 취할 때 등급은 그리 중요하지 않지. 그보단 얼른 따라와라."

"미친. 나보고 인간 방패 짓을 또 하라고? 안 해. 절대 못 해!"

별 볼 일 없는 탱커가 도움이 될 수 있는 방법은 다름 아닌 인간 방패였다. 하지만 계속해서 상태 이상 효과에 걸리는 것은 그로서도 두려운 것인지 슬슬 거부감을 드러냈다.

용찬은 남은 B급 플레이어들을 살핀 후 재차 입을 열었다.

"평생 그렇게 한심하게 살 거냐. 지금 너만이 할 수 있는 일이 있는데도 그것을 마다하겠다고?"

"으으. 하지만 이건 좀……."

"쯧. 결국 넌 거기까지밖에 안 되는 놈이었나 보군."

"이, 이야기가 왜 또 그렇게 되는 건데!"

"편하게 성장하는 방법은 절대 없다. 대형 길드에 들어간다 해도 그것은 마찬가지지. 평생 그렇게 겁쟁이로 살 거면 지금 당장 내 눈앞에서 꺼져라."

"아, 할게! 한다고. 하면 되잖아. 우씨!"

조금밖에 남지 않은 자존심까지 건드린 것인지 레버튼이 버럭 소리쳤다.

아예 자신보다 앞장서는 그의 모습에 용찬은 피식 웃으며 상황을 살폈다.

'역시 B급 플레이어들을 처리하니 흐름이 다시 넘어오는군.'

이런 난잡한 교전 속에선 가장 먼저 우두머리를 치는 것이 전투를 승리로 이끄는 가장 수월한 방법이었다.

이미 레버튼을 방패로 내세워 처리한 B급 플레이어들만 해도 다섯 명. 막상 대치하게 되면 화력에서 밀려 고전하게 되지만 어떻게든 근접전으로 이끌기만 하면 처리는 간단했다. 게다가 1층에 있는 것은 자신뿐만이 아니었다.

"여기도 B급 플레이어가 있어. 가끔씩 발동되는 검술을 조심해."

"천천히 압박하면서 거리를 좁혀. 이제 숫자는 우리가 유리해!"

"더 이상 C급 플레이어들을 무시하지 말라고!"

마침 리오스 진영의 검사 한 명이 타깃으로 지정됐다.

C급 검사로 통하던 정혁이 직접 선두에서 길드원들을 지휘하고 있는 상황.

"너는?"

"쓸 만한 방패가 있어서 말입니다. 아마 도움이 되실 겁니다."

"으아아아아아!"

정면으로 레버튼이 뛰어가자 금세 놈들의 시선은 그쪽으로 향했다. 잠시 당황하던 정혁은 대신해서 상태 이상에 걸린 그를 보며 뒤늦게 의미를 알아챘다.

"무모하지만 이럴 땐 쓸만하군. 좋아. 빠르게 처리한다!"

기회를 틈타 역으로 파고드는 플레이어들. 그 이후로도 레버튼은 인간 방패 역할을 톡톡히 해내며 전투를 승리로 이끌었다.

"이야. 달리 봤어. 그렇게 용감무쌍하게 정면으로 달려들 줄 이야."

"너 덕분에 편하게 B급 플레이어들을 처리할 수 있었어. 고맙다."

"어찌 보면 영웅인데?"

전투가 마무리되자 끝없는 칭찬이 쏟아졌다.

뜬금없이 주역이 된 레버튼은 몹시 당황스러웠지만 한편으론 나름의 성취감도 있었다.

"다시 한번 감사 인사를 전하마. 레버튼."

"아, 아닙니다. 그저 대신해서 스킬에 얻어맞은 것뿐인데요. 뭘."

"보통 플레이어들은 그런 행동도 하지 못해. 확실한 건 너 덕분에 전투를 승리 했다는 거다. 그리고……."

잠시 주위를 둘러보던 정혁이 고개를 갸웃거렸다.

탁월한 실력을 드러내며 B급 플레이어를 함께 상대하던 다른 한 명이 보이지 않았다.

"그러고 보니 네 동료는 어디 갔지?"

"어, 어라. 그러고 보니?"

"으음. 미리 2층으로 올라간 건가. 정말 예상 불가능한 플레이어군. 우선 부상자들의 치유가 끝나자마자 우리도 2층으로 향해야겠어."

가장 중요한 목표는 거울성 공략이었다. 비록 B급 플레이어들 때문에 피해가 만만치 않았지만 성직자들이 있는 한 돌파가 불가능한 것은 아니었다.

'D급임에도 불구하고 그런 실력을 가진 자라면 당장 스카웃해야겠지만 지금 급한 것은 거울성이겠지. 우선 공략에 집중한다.'

정혁은 빠르게 포션과 소비용 아이템을 통해 정비를 갖추며 다시금 공략에 집중했다.

그사이, 길드원들에게서 벗어난 용찬은 그들보다 먼저 2층으로 향하고 있었다.

[진흙 인형들이 출현합니다.]

예상했던 대로 몬스터들이 나타나 길을 가로막기 시작했다.

'벌써 2층을 지나쳤단 소린데. 그렇다면 슬슬 그놈들도 나타나겠군.'

일정 위치에 접어들 시 출현하는 거울성의 몬스터들. 먼저 태현이 2층을 지나쳤다면 숨겨진 히든 피스도 이미 가져갔다는 의미였다. 용찬은 깔끔히 스킬북에 대한 미련을 버리며 진흙 인형들을 처리해 갔다.

[붕권의 숙련도가 한계에 도달했습니다.]

[붕권이 뇌신장으로 변화했습니다.]

나름의 전투 보상인 것일까.

숙련도가 한계에 도달하며 새로운 스킬이 생겨났다.

'뇌신장이라. 붕권보다 한 단계 등급은 높은데. 어디 볼까.'

시스템의 움직임에 따라 앞으로 뻗어지는 손길. 일보 내민 자세와 동시에 진흙 인형의 몸통에 뇌신장이 작렬했다.

파지지직!

손바닥에 뭉친 뇌전이 폭발한다.

넉백 효과와 함께 감전 효과를 가진 뇌신장의 위력은 놀랍기 그지없었다.

물론.

'괜찮군.'

용찬은 미적지근한 평가를 내리며 계단을 따라 쭉 올라갈 뿐이었다.

쿠구구궁!

다시금 흔들리기 시작한 거울성 내부. 2층 천장이 진동하는 것을 보아 3층에서 전투가 시작된 모양이었다.

하지만 회귀 이전 기억을 가지고 있던 용찬은 조급해하지 않고 가장 먼저 정보 조작 주문서를 찢었다.

[플레이어 명이 변경됐습니다.]

[종족이 변경됐습니다.]

'이제 곧 페널티 부여 효과도 끝나겠지. 게다가…….'

계단 위쪽으로 거슬리는 존재들이 포착됐다.

미리 명령을 받아 대기하고 있던 것일까.

익숙한 안면의 동현을 시작으로 유이치, 레이. 그리고 카이트 쉴드를 쥔 방패병 한 명이 경계 어린 눈빛으로 천천히 계단을 내려왔다.

[페널티 부여 효과가 사라졌습니다.]

[간파가 발동됩니다.]

가장 먼저 발동된 것은 동현의 감지계 스킬.

페널티 부여 효과가 끝나는 적절한 순간에 시전됐지만 이미 준비는 갖춰져 있었다.

"……쿤다 진영의 한상훈. 분명 들어본 적은 없는 플레이어군요."

"유태현의 지시를 받고 기다리고 있었나?"

"당신 도대체 정체가 무엇입니까?"

"알려줄 필요는 없지. 그리고 내가 너희들을 상대할 필요도 없고 말……."

팅!

미처 말을 끝내기도 전에 차크람이 날아왔다. 간단히 벽 쪽으로 쳐낸 용찬은 씨익 웃으며 레이를 쳐다봤다.

"성질이 급한 것은 여전하군."

"하아? 난 널 본 적이 없는 것 같은데 왜 갑자기 아는 척이래?"

"아주 잘 알지. 그 잘난 가식으로 몇 개의 파티를 등쳐먹은 것도. 하멜에서 유일한 서머너라는 것도. 그리고 B급 플레이어들을 소환한 게 너라는 것까지. 아주 잘 알고 있어."

"뭐, 뭐야. 너 스토커라도 되는 거야?"

"너 같은 여자를 굳이 스토킹할 필요나 있을까?"

"이익! 다들 뭐 하고 있어. 얼른 죽여 버려!"

보기 좋게 인상이 구겨진 레이의 손짓과 함께 방패병과 유이치가 달려들었다.

"어이. 친구. 합공은 그리 기분은 안 좋지만 이렇게 된 거 빠르게 끝내자고."

"난 그럴 생각이 없어. 유이치."

"뭣?"

두 자루의 검을 흘려낸 용찬이 여유롭게 뒤쪽 복도로 물러났다.

그리고 방패병이 달려드는 순간.

[투명화가 발동됩니다.]

그의 신형이 사라지며 복도로 소환진이 그려졌다.

"아, 도대체 언제까지 기다려야 되는 건데."

"조금만 더 기다려 봐요. 누님은 성질이 급해서 문제라니까!"

"너 뭐라고 했어?"

용찬의 지시를 받고 기다린 지도 1시간.

나름 긴장감을 가지고 방 안에서 대기하고 있던 루시엔은 헥토르의 볼을 쭉 잡아당기며 화를 풀었다. 그사이, 곁에 있던 록시는 최상층에서 했던 대화를 떠올리며 얼굴을 굳혔다.

"나를 따라와라. 네가 그리도 원하던 힘을 갖게 해주마."

"……힘이라고?"

"그래. 감히 누구도 건드리지 못할 수준. 그 정도까지 널 이끌어 주마."

자유롭게 플레이어들의 영역을 드나들며 새로운 길을 선보인 마왕. 병사들의 놀라운 성장을 내세우며 자신을 바쿤의 일원으로 받아들였지만, 정작 본인은 아직도 떨떠름하기만 했다.

특히 마왕성 병사를 소환할 수 있는 능력. 용찬만의 기술인 것인지는 아직까지 알 수 없었지만 생전 보지 못한 마왕의 능력인 것은 분명했다.

'진정 플레이어들을 상대할 수 있는 건가.'

한차례 사신 아카데미로 소환된 적이 있긴 했지만 플레이어들을 직접 상대한 적은 없었다.

록시는 거울성 입구에서 봤던 인간들을 잊지 못하고 주먹을 부르르 떨었다.

'넌 인간의 피가 섞인 마족이야.'

한평생 낙인처럼 뒤따르던 더럽혀진 혈통. 그 운명을 뒤집기 위해선 강한 힘이 필요했다.

우우우웅!

마침 기다리고 있던 소환진이 바닥으로 그려졌다.

[+ㅅ+]

그다지 소환에 익숙치 않은 록시와 달리 다른 세 명은 즉시 반응을 보였다.

"이제야 소환하다니. 느리다고!"

"헤헤. 얼른 준비해요!"

"……정녕 이걸 써야 되는 거냐."

잭이 특별 제작한 세 개의 가면들. 투구를 착용하고 있던 쿨단은 따로 가면이 필요 없었지만 나머지 세 명은 인상착의를 가리기 위해 착용해야만 했다. 그렇게 병사들이 모두 가지각색의 가면을 쓰자 눈앞에 복도가 드러났다.

"뭐, 뭐야? 이것들은. 무투가가 아니라 소환사였어?"

"젠장! 놈은 어디로 간 거야."

"허어. 고양이 가면에 악귀 가면, 게다가 강아지 가면까지. 아주 가지가지 하는구만?"

이동되자마자 시선이 마주친 네 명의 플레이어들. 시작부터 대치 구도가 형성 됐지만 루시엔은 당황하지 않고 재빨리 검을 뽑아 들었다.

"……그래. 이런 것을 기다렸다고."

[숲을 방황한 지도 벌써 한 달째다. 공작가의 눈을 피해 이곳저곳 피신하고 있었지만 슬슬 그것도 한계다. 이미 제빌과 데이스의 부상은 손을 쓸 수 없는 지경에 이르렀고 용병

단 내에서 불만까지 오가고 있다. 다소 신경이 날카로워진 라울도 가끔씩 내게 찾아와 의견을 제시하곤 했다. 이쯤에서 그만두는 게 어떠냐고. 솔직한 심정에선 나도 힘들다. 하지만 그렇다고 해서 아이리스를 포기할 순 없었다. 만약 내가 여기서 아이리스를 포기한다면 그녀는 다시 공작가로 끌려가 그 역겨운 놈의 노리개가 되고 말 것이다. 일단 복수를 하기 위해선 다시 레베스 상단으로 돌아갈 필요가 있었다. 그리고…….]

갈수록 흥미진진하다. 처음 봤을 땐 전후 사정을 알지 못해 내용을 이해하지 못했지만 아무래도 이건 한 남자의 일기인 것 같았다. 그것을 깨달은 성현은 궁금증을 참지 못해 계속 페이지를 넘기게 됐고 마지막에 다다랐을 땐 이미 3층에 도달해 있었다.

'결국 복수에 눈이 멀어 상단에게 복수를 한 거잖아. 그 다음에는 어떻게 되는 거지?'

세 번째 일지가 있다면 네 번째 일지도 반드시 존재할 것이다. 하지만 일행들이 부르는 목소리에 성현은 어쩔 수 없이 일지를 집어넣어야 했다.

"아까부터 뭘 그리 고민하고 있는 건데. 이제 3층이라고. 우선 공략에 집중부터 해."

"미안, 미안."

"유태현 저 자식도 불안해 죽겠는데 너까지 이러면 되냐. 미리 포션 준비해 놓고 후방으로 따라붙어."

동료 플레이어의 말에 절로 시선이 태현에게로 돌아갔다. 불안하다는 것은 실력 면으로가 아닌 인간적으로 믿지 못한다는 의미일 터.

마침 기둥이 쭉 세워진 3층 방 안으로 들어서게 되자 그의 눈빛이 한층 달라졌다.

"곧 B급에 속하는 몬스터들이 출현할 겁니다. 미리 진형을 갖추고 대기하고 계십시오."

"잠시만. 그런 정보는 우리한테 알려준 적도 없잖아. 어떻게 알고 있는 건데?"

"다 아는 방법이 있습니다. 정 알고 싶으시다면 아놀드 님께 문의하시기를."

비릿한 미소와 함께 기둥 사이로 인영들이 드러났다.

[푸른 갈퀴 용병단의 망령들이 소환됐습니다.]

[등급이 B로 조정됩니다.]

마치 미래를 내다보는 듯한 정보력에 B급 플레이어들은 순간 얼을 탔지만 나름의 경험을 갖추고 있어서 그런 것인지 빠르게 정신을 차렸다. 그리고 B급 망령들의 장비와 위치를 확인하며 직업별로 알맞게 진형을 갖추었다.

검사, 궁수, 사제, 도적, 무투가 등 다양하게 갖추어진 망령들의 직업.

대충 눈으로 무기를 훑어보던 성현의 눈이 휘둥그레졌다.

'자, 잠깐만. 푸른 갈퀴 용병단이라면 일지에서 봤던 그놈들이잖아. 게다가 머리 위에 표시된 이름까지 같고. 우연은 아니겠지?'

우연으로 치부하기엔 라울, 네이스, 필립 등 일지에서 봤던 인상착의와 매우 흡사했다. 만약 일지의 내용이 거울성과 관련이 있는 것이라면 진흙 인형에게서 드랍된 것도 어느 정도 설득력이 있을 터.

'그렇다면 이번에도 일지가 드랍될 거야. 만약 다음 일지가 거울성과 관련이 있는 내용이라면 나도 유태현 못지않게 정보를 얻을 수 있겠지.'

그런 가능성에 희망을 건 성현은 선두를 지원하며 눈을 빛냈다.

다만, 안타깝게도.

'뒤에서 세 번째 마법사. 한성현이라고 했었지. 역시 예상했던 대로 다음 일지를 찾고 있는 건가.'

리더인 태현은 이미 그가 세 번째 일지를 줍는 것을 목격한 상태였다. 때문에 지금은 그저 어떤 행동을 취할지 살펴보기만 할 뿐, 직접적으로 건드리진 않고 전투에 집중하고 있었다.

[분노의 참격이 발동됩니다.]

[그림자 속박이 발동됩니다.]

다시금 주 특성인 그림자가 발동되자 용병 한델의 발이 묶였다.

B급 플레이어들은 나름 익숙해진 것인지 속박된 놈을 빠르게 공격하기 시작했고, 반대로 거의 40여 명쯤 소환된 용병들은 서서히 본격적으로 진형을 갖추어 가고 있었다.

-태현 님. 큰일 났습니다. 무투가 그놈을 놓쳐 버렸습니다.

“무슨 소리십니까. 분명 2층 나선 계단에서 대기하고 계셨던 걸로 압니다만? 거기 말고는 3층으로 올라올 길은 없단 말입니다.”

-……소환 스킬도 가지고 있던 것인지 동료를 소환시키고 그대로 놈은 달아나 버렸습니다.

“후우. 약간 꼬이는군요. 그래서 간파는 사용해 보셨습니까?”

-일단 한상훈이란 쿤다 진영 플레이어로 확인은 됐습니다만. 간파 스킬 앞에서도 안색 한 번 변하지 않은 것을 보아 주문서의 사용 유무도 의심해 봐야 될 것 같습니다.

즉, 정보를 조작했을 가능성도 충분히 있다는 뜻이었다.

그리 달갑지 않은 보고에 머릿속이 복잡해진 태현은 잠시 고민하다 이내 대답했다.

“우선 소환된 동료들을 빠르게 처리해 주십시오. 그다음 3층에서 합류를 하던가 아니면…….”

-그, 그것도 약간 힘들 것 같……. 이런 젠장!

다급한 목소리와 함께 통신이 끊겼다.

예상보다 소환된 동료들이 버거운 모양이다.

갈수록 골치가 아파지는 진행 상황에 느껴지는 조바심.

-죽어라. 침입자!

“하. 이런 기분을 들게 만드는 놈은 단 세 명밖에 없었는데.”

적절한 순간에 용병 마이스의 도끼를 피해낸 태현은 그림자 속에서 감추고 있던 단검을 꺼내 들었다.

[여명의 단검 효과가 발동됩니다.]

[마력을 소모해 일시적으로 기력과 스테미나를 자동 회복합니다.]

미리 거울성을 대비하기 위해 구해둔 레어급 무기.

“다시 느끼게 만들 줄은 꿈에도 몰랐어. 고용찬.”

한계점을 넘어 무한대의 영역에 도달하는 순간.

-커헉!

"뭐, 뭐야. 저 자식. 도대체 민첩 능력치가 얼마나 높은 거야?"
그림자들의 춤이 시작됐다.

[뇌신장이 발동됩니다.]
[뇌 속성력이 상승했습니다.]

새로 배운 뇌신장은 붕권보다 훨씬 쓸 만했다.
지금만 해도 일정 뇌전만을 사용해 진흙 인형을 뭉갠 상태였으니까.
'가성비가 좋은 스킬이야. 여태까지 기력과 마력을 아끼고 있었는데 뇌신장만 있으면 더욱 힘을 아껴둘 수 있겠어.'
포션과 최하급 엘릭서가 있긴 했지만 용찬은 최종 전투를 생각해 아끼고 또 아꼈다. 그리고 기나긴 나선 계단의 속에서 마침내 끝이 보이기 시작했다.
"……이건 또 예상외의 전개인데."
3층에 도달하자마자 가장 먼저 보게 된 것은 전투 불능 상태가 된 수십 명의 용병들. 망령들이 호흡을 고르며 주저앉아 있는 광경은 다소 놀랍기도 했다.
하지만 그것보다 중요한 것은 3층으로 올라왔었을 B급 플레이어들의 행적이다.

-어, 얼른 페레스를 도와줘야 해!

-이렇게 주저앉아 있을 때가 아닌데. 젠장!

-플레이어 놈들. 조금만 기다려라. 금방…… 음?

망령들의 시선이 용찬에게로 향했다.

누가 봐도 플레이어로 보이는 겉모습에 경계 어린 시선들이 느껴졌지만 그것도 잠시.

-……아니, 잠시만. 넌 인간이 아니잖아. 어떻게 여기 들어온 거지?

용병 필립이 종족을 꿰뚫어 본 것인지 이내 당황하는 기색이 역력해졌다.

'아니, 잠깐만. 종족을 알아본다고?'

용찬 또한 예상과 다른 반응에 당황스러운 것은 매한가지였다. 플레이어로 인식된 적들은 모두 제거하는 것이 망령이 된 용병들의 우선 목표일 터. 한데, 지금은 오히려 적의를 말끔히 지우고 생기 있는 눈동자로 자신을 쳐다보고 있었다.

[푸른 갈퀴 용병단의 망령들이 전투 불능 상태에서 회복됐습니다.]

잠시 눈치를 보던 사이 용병들이 자리에서 일어나 이쪽으로 걸어왔다.

이대로 공격을 해야 할까. 아니면 조금 더 상황을 지켜봐야 할까.

물론, 답은 이미 정해져 있는 것이나 다름없었다.

'유태현. 그놈에게 선수를 뺏길 순 없어. 강행 돌파한다!'

태현도 이런 상황을 고려해 용병들을 전투 불능 상태로만 만들어 놨을 것이다. 뒤따라오는 이의 발길을 붙잡기 위해서 말이다.

한 보 앞으로 걸음을 내민 용찬은 즉시 뇌신장을 사용해 선두의 라울을 공격하려 했다.

그 순간.

"뭐야. 정말로 플레이어 한 명이 3층으로 왔잖아?"

"이젠 거의 보살 수준이네. 일단 보고하러 가자!"

지시를 받고 3층을 확인하러 온 것인지 B급 플레이어 두 명이 계단 아래로 모습을 드러냈다.

'젠장. 이대로 돌려보내면 일이 귀찮아질…….'

콰직!

검사 플레이어의 등에 꽂히는 도끼날. 그와 동시에 용병 제라스의 화살이 남은 한 명의 머리를 관통했다.

플레이어를 처리한 용병이 용찬을 바라보았다.

-종족이 무엇이든 상관없지. 잠시 얘기를 들어주겠나?

"……"

갑자기 돌변한 마이스의 태도에 눈이 굴러간다. 다른 용병들도 우호적인 시선은 마찬가지인지 공격 의사는 전혀 없어 보였다.

[숨겨진 퀘스트가 발동됩니다.]

눈앞에 나타난 메시지. 회귀 이전 기억과 전혀 다른 전개에 어안이 벙벙해졌다.

'……이건 또 어떻게 된 일이지.'

한편, 2층과 3층 사이의 계단으로 소환된 바쿤의 병사들은 예고치 않은 전투로 한창 바빠져 있었다.

타다다닥.

중앙 계단을 따라 상층으로 올라가는 수백 명의 플레이어들.

'도대체 어떻게 된 거지. 설마 1층의 플레이어들이 전부 당해 버린 건가.'

예상치 못한 리미트리스와 쿤다 진영 플레이어들의 모습에 동현은 신속히 사일런스와 은신 장막을 복도로 펼쳤다.

이로써 자신들의 존재가 들킬 일은 없을 것이다. 하지만 전력의 우위가 확실하던 1층의 일행이 당했다는 사실이 쉽사리 믿기지 않는 동현이었다.

'분명 B급 플레이어들 함께 있었을 텐데. 젠장. 어쩔 수 없지. 우선 전투에 집중할 수밖에!'

마침 동현의 손에서 만들어지는 수백 마리의 불나방들.

[불나방이 발동됩니다.]

[청광이 발동됩니다.]

그리고 록시의 주력 스킬인 청광까지.

마력을 순간적으로 압축해 일직선으로 쏘아 보내는 단순한 효과였지만 겹겹이 진을 친 불나방들은 뚫지 못하는 것인지 이내 허공에서 소멸됐다.

록시는 예상치 못한 결과에 눈살을 찌푸렸다.

'화염 속성을 주로 다루는 마법사인 건가. 마력 면에서도 크게 뒤떨어지지 않아. 상당히 까다로운 상대겠어.'

'처음 보는 스킬을 사용하는 마법사. 가면 때문에 얼굴이 가려졌지만 C급 플레이어 수준은 되겠어.'

상대가 수준급 마법사란 것을 동시에 인지하는 순간이었다.

동현은 양손으로 발화를 일으키며 불덩이를 집어 던졌다.

하지만.

[흡수력이 발동됩니다.]

까다로운 적은 마법사만이 아니었다. 곁에 있던 방패병이 재깍 파이어볼을 흡수했다.

"내 마법을 빨아들였어?"

"갈수록 신기한 기술들만 써대는군. 일단 저놈은 내가 맡을 테니 마법에만 집중……."

티잉!

미처 말을 끝내기도 전에 창이 날아왔다.

간신히 방패로 막아낸 B급 플레이어, 아니, 류신호는 인상을 팍 구기며 쿨단을 노려봤다.

[ㅇㅅㅇ]

"……저 자식이. 진짜!"

"흥분하지 마십시오. 어차피 방패병끼리 승부를 내는 것도 어려울 테니 함께 싸우도록 하죠."

결국 2대2 구도가 형성된 마법사와 방패병들. 물론 록시는 마음에 들어 하지 않는 눈치였지만 상대가 상대인 만큼 굳이

토를 달진 않았다.

그사이, 둘 못지않게 치열한 접전을 벌이던 헥토르와 레이는 쉽게 결판이 나지 않는 전투에 점점 짜증이 치솟고 있었다.

"아, 정말. 화살은 더럽게 못 맞추면서 차크람은 왜 이리 잘 피하는 건데?"

"가, 가끔 맞췄거든! 네가 간단히 막아내서 그런 거지!"

"어이가 없네. 그냥 좀 죽어주면 안 돼?"

"너라면 죽어주겠냐! 에잇. 받아라!"

"꺄아아악. 짜증 나. 또 내 마력을 흡수해 갔어!"

화살을 피하지 못하는 것도 문제였지만, 막을 때마다 빼앗기는 마력이 더욱 큰 문제였다.

얄밉기 그지없는 전투 방식에 레이는 열불이 터졌고, 헥토르는 날렵한 몸놀림으로 다시 화살을 수거하며 시위를 당겼다.

물론.

"아, 또 빗나갔네."

"좀 맞추기라도 하던가!"

두 발 중 한 발은 빗나가기 일쑤였다.

이전보다 발전했지만 다시 한계에 가로막힌 실력!

하지만 헥토르는 좌절하지 않고 열심히 화살을 쏘았다.

그리고 수거할 화살까지 전부 부러지는 순간.

[강인한 육체(공용)가 발동됩니다.]

"뭐, 뭐야. 너 궁수 아니었어?"

"이젠 근접전이지롱!"

활을 쥔 뱀파이어가 매섭게 돌진하기 시작했다.

◀ 34장 ▶
불멸자

복도는 그리 좁지 않았다. 중앙 나선 계단을 끼고 있다고 해도 전투를 치를 공간은 충분했다.

[간파가 발동됩니다.]

[마력 방출이 발동됩니다.]

[간파 실패!]

록시와 쿨단은 비교적 동현과 신호를 상대로 접전을 펼쳤다. 아니, 정확히는 약간 우세를 거두고 있다고 봐야 했다.

그리고 레이를 맡고 있던 헥토르 쪽은.

“정말! 하나만 하라고. 하나만!”

"다시 한번 간다!"

"무슨 궁수가 활로 근접전을 벌여. 이게 말이 돼?"

근접전을 통해 반전을 일으키며 역으로 그녀를 코너로 몰아넣고 있었다. 여태까지 고생한 것이 헛수고가 아니라고 느낄 정도로 말이다.

한데, 자신은 그러지 못했다.

까앙!

"뭐야. 그래도 기본은 어느 정도 잡혀 있잖아. 이도류. 아니, 이검류라고 해야 되나. 간만에 재밌는 상대를 만났어."

여유롭기 그지없는 태도로 두 자루의 도를 들고 있는 플레이어.

나름 다른 병사들 못지않게 성장했다고 느끼고 있었건만.

도저히 놈에게서 틈이 보이지 않았다.

"명심해라. 앞으로 만나게 될 놈들 중 분명 괴물 같은 놈들이 섞여 있을 거다. 그놈들의 가장 큰 무기는 다른 것도 아닌 재능. 그것을 꺾으려면……."

잘난 듯 지껄이던 마왕의 조언이 떠올랐다.

루시엔은 입술을 깨물며 다시 한번 신속화를 발동했다.

'안 되면 될 때까지!'

좌우 벽을 따라 빠르게 쏘아지는 신형.

이번에도 유이치는 방어를 유지하고 있는 자세로 자리를 고수하고 있었다. 그런 태도에 더욱 격분한 루시엔은 광폭을 시전하며 옆구리로 치고 들었다.

"안 되지."

"치잇!"

"너무 대놓고 노리는 게 뻔히 보인다고."

"웃기지 마!"

가볍게 검면을 흘려 넘기던 유이치의 눈이 빛났다.

이어지는 공방 속에서 물 흐르듯 자연스럽게 잡히는 손목.

[란이 발동됩니다.]

거친 동작 속에서 칼을 휘두르던 루시엔의 몸이 앞으로 쑥 당겨졌다.

"빠르고 거칠고. 그 외에 다른 점은 아무것도 없는데?"

"……쫑알쫑알."

"음?"

"말 더럽게 많네에!"

역으로 무너지던 균형이 다시금 잡혀진다.

미리 용찬에게 반격 기술을 배워둔 루시엔은 무릎을 들어

올리며 잽싸게 거리를 벌렸다.

순간적으로 휘청거리는 유이치의 신형. 루시엔은 그 틈을 놓치지 않고 달려들어 본격적으로 검술을 펼치기 시작했다.

[댄싱 재능이 발동됩니다.]

[역수가 발동됩니다.]

거친 동작 속에서 묘하게 유지되는 흐름.

난생처음 보는 검술에 유이치의 눈살이 찌푸려졌다.

'제어가 안 되는 속도를 아예 검술로 커버하고 있잖아. 저건 또 무슨 움직임이야. 춤이라도 추는 건가?'

역수로 쥐고 있던 도가 바삐 공격들을 막아냈다. 체력과 스테미나가 부담이 될 법도 한데 멈추지 않고 계속 앞으로 발을 내미는 그녀. 이대로 방어만 유지하기엔 뒤쪽 공간이 그리 여유롭지 않았다.

[매화가 발동됩니다.]

마치 꽃처럼 피어나는 푸른 기력.

살짝 검을 쳐올린 유이치가 단숨에 반격에 나섰다.

챙!

흘리고, 또 흘리고.
빠르게 굴러가는 눈동자 속에서 점차 패턴에 익숙해져 갔다.

[격류가 발동됩니다.]

그리고 살며시 호흡을 내뱉은 유이치가 도를 교차시키며 그대로 들어 올렸다.
"크윽!"
"아직 시작도 안 했어."
특유의 날카로운 눈빛이 몸을 관통하듯 쏘아져 왔다.
마치 커다란 괴물을 눈앞에 둔 느낌일까.
루시엔은 점점 가로막히는 공격 속에서 도저히 앞을 넘볼 수 없는 커다란 벽을 맞이했다.
'분명 속도는 내가 앞서는데. 왜 자꾸!'
마침 역수로 쥔 도가 어깨를 스치고 지나간다.
이제 다음 공격이 연속으로 들어올 것이다.
하지만.
'어디야. 어디인 거야?'
눈앞이 깜깜해지는 이유는 왜인 것일까.
루시엔은 불현듯 밀려오는 절망감에 치명적인 틈을 내주고 말았다.

푹!

"다른 건 몰라도 이도류 하나만큼은 자신 있다고."

붉게 물드는 가죽 셔츠. 여유로운 미소와 함께 복부에 박힌 도가 뽑혀졌다. 그리고 아득해지는 시야 속에서 조금씩 신형이 무너져 내렸다.

털썩.

너무도 일방적인 패배였다. 루시엔은 그 사실을 받아들이지 못했지만 이미 무릎은 바닥을 향해 있었다.

"자. 그럼 얼굴부터 확인해 보실까."

점점 유이치의 손이 가면으로 향하고 있었다.

[거울성을 보호하라]

[등급:B]

[설명:페레스를 가두어놓은 거울성으로 플레이어들이 침입했다. 단장의 원한으로 인해 망령으로 깨어난 푸른 갈퀴 용병단. 지금 그들은 종족이 다른 당신에게 도움을 청하고 있다. 그들과 함께 4층으로 침입한 플레이어들을 퇴치하라!]

[목표: 4층 플레이어 0/10, 기억 속의 편린 1/2]

[보상:푸른 갈퀴 용병단의 반지, 귀환.]

'이런 퀘스트가 존재하고 있었다니. 내가 평범한 플레이어였더라면 발동하지도 않았겠어.'

헨드릭의 몸으로 회귀하면서 많은 변화가 생겼다.

그중 하나가 바로 거울성의 숨겨진 퀘스트일 것이다.

-페레스가 이상해지기 시작한 것은 공작가 놈들이 고용한 흑마법사들이 아이리스에게 저주 마법을 걸면서부터였지. 그 날 이후로 그는 자신의 정체를 밝히고 우리들에게 새로운 성장 방법을 알려주었어.

겨우 용병에 불과했던 한 남자가 위협이 될 줄은 꿈에도 몰랐던 공작가일 것이다. 때문에 흑마법사들도 고용한 것이겠지만 그것은 오히려 역린을 건드리는 꼴이었다.

대륙에 금지된 저주를 통해 영원히 잠들게 된 아이리스. 그리고 용병들과 함께 본격적으로 힘을 기르기 시작한 페레스.

공작가와 일부 연합된 귀족들의 운명은 뻔했다.

-끝내 복수에 성공한 페레스였지만 아이리스의 저주를 풀 방법은 쉽게 구해지지 않았지. 특히나 제국을 적으로 돌리게 되면서 상황은 더욱 힘들어졌고 우리는 생과 사를 넘나들며 대륙을 오갔어. 그러던 중…….

"하멜의 시스템이 반응했겠지. 저주를 풀 수 있는 방법을 제공해 준답시고 불멸이란 특성을 건네줬을 테고 말이지."

용찬이 먼저 선수를 치자 용병들이 당황해했다. 하지만 용찬은 그런 시선을 가볍게 무시하며 말을 이어갔다.

"수십, 수백 년간 전투만 치르며 살았겠지. 그러다가 이렇게 거울성에 갇혀 버리게 됐고. 저주를 풀 수 있는 방법은 뻔해. 그것은 바로 플레이어들의 시체."

-……

"하멜의 시스템이 제시한 빌어먹을 퀘스트였겠지. 틀린가?"

-아니, 맞아. 정확해. 때문에 페레스는 이곳에 갇혀 플레이어들의 시체를 모으게 됐지. 완전히 갇힌 것은 아니지만 일종의 구속이라고 봐야 될 거야.

마침내 페레스에게 얽힌 비극의 진실이 드러났다.

남은 것은 용병들이 자신에게 도움을 요청한 의도였다.

"그래서 내게 도움을 요청하는 이유가 뭐지?"

-우리는 대륙인이라서 자세히 알지 못하지만 하멜의 시스템은 일방적으로 도움을 주지 않아. 때문에 페레스도 불멸이란 특성을 얻으며 죽지 않는 몸이 되었지만 오히려 깊은 마음의 상처를 얻었지. 아마 이번 거울성도 똑같을 거야. 플레이어 놈들에게 불멸자를 상대할 무언가를 미리 건네주었을 테지. 우린 그것을 막아야 해.

"페레스를 구하기 위해?"

-……맞아. 페레스를 제정신으로 되돌리기 위해선 일단 플

레이어들을 막는 게 급선무야. 넌 인간들과 종족이 다른 것 같으니 이렇게 부탁하마. 부디 플레이어들이 가지고 있는 열쇠를 회수해 파괴해다오. 나머진 우리가 알아서 할 테니.

라울이 대표로 무릎까지 꿇었다. 아무래도 플레이어가 아닌 그들은 기억 속의 편린을 건들지 못하는 듯했다. 애초에 거울성 수호를 위해 망령으로 되살아난 NPC이기에 더더욱 그럴 수밖에.

'그렇다면 플레이어가 가진 열쇠를 파괴해 페레스를 지키겠다는 심산이겠군. 이놈들은 내가 남은 한 개의 열쇠를 가지고 있는 것을 모르는 듯한데. 어떻게 해야 할까.'

잠시 고민하던 도중 퀘스트의 목표 칸이 눈에 띄었다.

절로 올라가는 입꼬리.

"좋아. 받아들이지. 대신 퀘스트가 진행되는 동안 너희들은 내 명령에 따라야 할 거야. 괜찮겠나?"

-……상관없겠지. 도와만 준다면 성심껏 명령에 따라주겠어.

"마음에 드는군. 그렇다면 가장 첫 번째로 할 일은……."

용찬이 4층을 가리키던 찰나, 아래로 이어지는 계단에서부터 수백 명의 플레이어들이 올라왔다.

'저놈들은?'

1층에서 함께 전투를 치루었던 리미트리스와 쿤다 진영 길드원들. 2층에서 벌어진 전투를 발견하지 못하고 그대로 지나쳐 온 것인지 예상보다 빠르게 올라온 상태였다.

'그렇다면 아직도 병사들과 놈들이 전투를 벌이고 있단 뜻인데.'

인기척과 소리를 지우는 것쯤은 마력 기술과 주문서를 통해 충분히 가능했다.

어찌 되었건 자신에겐 유리해진 상황.

용찬은 전투태세를 취하는 용병들을 보며 재빨리 명령을 내렸다.

"저 플레이어들과 합류하는 것이다."

-뭣?

"으음?"

굳어지는 용병들의 표정. 선두에 서 있던 정혁은 상황을 이해하지 못해 두 눈만 깜빡거렸다.

[공작가와 척을 지게 될 때부터 갖가지 수를 쓸 것이라는 것은 어느 정도 예상했었다. 하지만 흑마법사들까지 고용할 줄이야. 내 불찰이다. 아이리스가 이렇게 된 것은 무엇보다 내 잘못이 컸다. 너무 이번 일에 대해서 간과하고 있던 것이다. 더 이상 부정할 수도, 회피할 수도 없었다. 복수를 위해서, 그리

고 아이리스를 위해서 지금은 받아들여야 할 때였다.]

예상했던 대로 네 번째 일지는 3층에 있었다. 3층 때처럼 몬스터에게서 드랍되는 방식은 아니었지만 가장 먼저 발견해 낸 셈이다.

성현은 페이지를 넘기며 궁금했던 사실들을 알게 되었는데, 그중 가장 놀라웠던 것은 페레스가 하멜의 시스템을 이용할 수 있단 점이었다.

'용병들이 죄다 B급 수준이던 이유가 있었어. 그런데 어떻게 NPC가 플레이어 시스템을 이용할 수 있었던 거지?'

마침내 복수를 실현한 페레스.

하지만 그 대가는 너무도 잔혹했다.

[시스템이 처음으로 내게 제안을 건넸다. 저주를 풀 방법을 알려주겠다고. 불멸이란 특성을 받아들이라고 말이다. 나로선 선택권이 없었고 아이리스를 위해 승낙했다. 그리고 나는 이렇게 거울성이 주인이 되었다.]

그 이후로 페이지는 찢겨 있었다.

수백 년간 제국과 맞서 싸우며 대륙을 오갔던 페레스. 그리고 아이리스의 저주를 풀기 위해 거울성의 주인이 된 과정까지. 이제야 거울성의 비밀을 알게 된 성현은 마지막 페이지를 가장 중요하게 여겼다.

[거울성을 만들 때 시스템은 따로 공략을 위한 열쇠. 즉, 기억 속의 편린이란 것을 만든 모양이다. 불멸 특성의 약점이라고나 할까. 나를 제거하기 위해 대륙에 공략 아이템을 퍼트린 듯하다. 과연 누가 차지하게 될지…….]

'기억 속의 편린이란 게 있다고? 역시 거울성을 공략하기 위해 만들어진 열쇠가 있었던건가. 잠깐. 그렇다는 것은 플레이어들 중 한 명이 열쇠를 가지고 있을 수 있다는 소리잖아?'

A급 불멸자를 처리하기 위해 필요한 열쇠다. 만약 거울성에 진입한 플레이어들 중 한 명이 가지고 있는 것이라면 가장 유력한 후보는 유태현이었다.

성현은 의심스러운 눈초리로 그를 쳐다보면서 식은땀을 흘렸다.

'그러고보니 가장 먼저 거울성 공략을 주장한 놈도 저놈이었지. 젠장. 정말 저놈이 열쇠를 가지고 있으면 어떡하지. 좀 더 상황을 지켜봐야…….'

깊게 고민하던 사이 선두의 플레이어들이 4층에 도달했다.

가장 먼저 보이는 것은 만개한 꽃들 속에서 잠들어 있는 은발의 소녀.

그리고.

[거울성의 주인 페레스가 출현했습니다.]

중립 지대를 공포에 떨게 만들었던 장본인이었다.

"……침입자들."

"후우. 성직자 분들은 버프부터 먼저 시전해 두시기 바랍니다. 꽤나……."

"모조리 죽여주마!"

"힘든 싸움이 될 것 같습니다."

직접 싸우지 않아도 느껴지는 위압감.

무려 A급의 인간형 보스가 검을 뽑아 들었다. 태현은 일찍이 방패병들을 앞으로 내세워 둔 뒤 옥좌 뒤쪽을 살폈다.

'기억 속의 편린을 사용할 수 있는 시기는 페레스의 두 번째 패턴부터. 애초에 접근하기도 힘들 테니 천천히 틈을 봐서 파고들어야겠어.'

뒤쪽 벽에는 두 개의 열쇠 구멍이 나란히 있었지만 당장 열쇠는 사용이 불가능했다.

[첫 번째 증오가 발동됩니다.]

마침내 발동된 첫 번째 패턴. 일시적으로 모든 기술을 광역 효과로 만드는 첫 번째 증오는 최상층 전체를 흔들리게끔 만들었다.

"크아아아!"

"젠장. 온다. 어떻게든 버텨!"

정면으로 쏘아진 검기가 방패병들의 스킬로 파고든다. 미리 겹겹히 시전해 둔 방어막이 단숨에 금이 가기 시작했다.

결국 뒤늦게 성직자들과 보조 직업 플레이어들이 돕기 시작하자 진형이 유지되어 갔고, 태현은 좌우로 달려드는 근접 직업 플레이어들을 보며 미소를 지었다.

'이대로 간다면 충분히 두 번째 패턴에 들어서기 전까진 버티겠어. 보다 안 되면 비장의 수를 꺼내면 되니까 걱정할 것은 없을 테고. 남은 것은 방해꾼…….'

계단 쪽으로 돌아가는 고개. 그 순간, 아래쪽에서부터 푸른 형체의 망령들이 몰려오기 시작했다.

'역시 몰려오는군. 하지만 용병들을 막기 위해서 따로 준비한 것도 있다고.'

용찬이 페널티 부여를 얻었다면 자신은 다른 주문서를 손에 넣었다.

태현은 여유롭게 그들을 바라보며 주문서를 꺼내 들었다.

"여러분들은 잠시 멈춰 주셔야겠……."

"저기 있다. 유태현이야!"

"무, 무슨?"

용병들의 뒤로 모습을 드러내는 증원군. 수백 명으로 이루어진 플레이어들이 추가로 몰려오자 절로 경악이 나왔다.

-플레이어 놈들!

"이 자식아. 우리도 플레이어라고!"

-젠장. 복잡하군. 아무튼 전부 죽여주마!

망령들과 플레이어들이 처음으로 손을 잡는 순간이었다.

거울성을 수호하는 망령들. 거울성을 공략하는 플레이어들. 절대 협력 관계를 가질 수 없는 두 무리가 손을 잡게 된 것은 중간의 조율자 덕분이었다.

-플레이어들과 손을 잡으라니. 말도 안 되는 소리를. 우리는 플레이어들에게서 거울성을 수호하는 임무 때문에 망령으로 다시 태어난 거다!

"애초에 4층의 플레이어들 처리와 열쇠 회수 때문에 도움을 요청한 것 아니었나. 너는 어떻게 생각하지. 정혁?"

"……숨겨진 퀘스트 때문이라면 말할 것도 없지. 어차피 이런 전력으로 A급 보스를 상대하는 것은 무리야. 게다가 리오스 놈들에게 복수할 기회를 준다는데 마다할 필요도 없고 말이지. 귀환이 보상이라는 전제하에 협력하마."

서로 의견이 일치하자 다음 문제는 페레스였다.

"잠깐. 우리도 일단 플레이어잖아. 보스가 우리를 공격하면 어떡하려고?"

-퀘스트를 받아들인 이상 페레스가 너희를 공격하는 일은 없을 거다. 물론, 거울성으로 다시 오게 되면 상황은 달라지겠지만.

"적의 적은 친구다 이건가. 그럴 거면 아예 목표를 리오스 진영 플레이어로 바꾸도록 하지. 열쇠가 무엇인지는 모르겠지만 우리야 귀환하게 되면 거울성에 대해선 손을 뗄 계획이니까."

-우리도 이대로 페레스를 가만히 놔둘 생각은 없어. 이번 일이 끝나는 대로 최대한 플레이어 살해를 멈추게 하고 다른 방법을 찾아볼 생각이야.

페레스를 정상으로 되돌리는 방법. 그리고 아이리스의 저주를 풀 또 다른 방법까지.

거울성의 비밀을 모르던 길드원들은 제대로 뜻을 이해하지 못했지만 요청한 대로 퀘스트 내용이 바뀌자 용병들과의 협력을 선선히 받아들였다.

'당장 급한 것은 페레스의 목숨과 기억 속의 편린이었을 테니 용병들도 어쩔 수 없었겠지. 게다가 페레스를 되돌릴 방법을 찾고 있던 도중이었으니 더더욱 정혁의 말이 달가웠을 테고.'

물론 망령이 된 그들이 페레스를 막는 것은 거의 불가능할 것이다. 다만, 지금처럼 동시에 다른 적을 둔 상태에선 퀘스트를 통해 충분히 그들을 이용할 수 있었다.

'우연히 얻어걸리긴 했지만 이걸로 판은 갖춰졌다!'

마침 B급 용병들이 랭커들에게로 달려들었다.

-한 명도 빠짐없이 죽여…… 큭. 이건?

[빛의 봉인막이 발동됩니다.]

[일정 시간 동안 지정된 NPC를 대상으로 침입을 금지시킵니다.]

최상층 전체로 솟아오른 휘황찬란한 수십 개의 검들.

레어급 지속계 주문서 빛의 봉인막이었다.

'역시 이것을 노리고 4층으로 빠르게 진입했었군. 하지만 내가 끌고 온 것은 용병뿐만이 아니지.'

비록 C급과 D급으로 이루어진 길드원들이었지만 숫자적으로 월등했다. 페레스를 견제하고 있던 리오스 진영 플레이어들은 뒤에서 밀려오는 적들에 혼란스러워했다.

[파고의 각인이 발동됩니다.]

마침 페레스의 양손에서 저주가 담긴 검은 기운들이 방출됐다.

"미친. 지속계 저주까지 발동하잖아! 파고의 각인이면 모든 저항력이 최하까지 하락해. 각인에 걸린 놈들은 다들 뒤로 물러나!"

"쉽게 말하지 말라고. 뒤에서도 쿤다 놈들과 리미트리스 놈들이 몰려오는데 어떻게 물러나라는 거야!"

앞뒤로 발생된 대치 구도.

할 수 없이 B급 랭커 일부가 후방을 견제하게 됐지만 온갖 스킬들이 쏟아지자 금세 한계가 드러났다.

"개자식. 감히 우리를 상대로 잔꾀를 부려? 죽어. 유태현!"

"……."

원한을 품은 근접형 플레이어들이 덤벼든다.

가장 먼저 속박계 및 정신계 마력 기술이 발동됐다.

하지만 태현은 침착히 그림자 속으로 몸을 피하며 효과에서 벗어났다.

그리고.

[직업 전용 스킬북을 사용했습니다.]

[죽음의 카운터 스킬을 획득했습니다.]

[등급이 상승했습니다.]

거울성에서 얻은 스킬북을 사용해 단숨에 C급으로 성장했다.

'되도록 초반 히든 피스를 회수하기 위해 등급을 조절하고 있었지만 더 이상은 안 되겠어. 어떻게 된 일인지는 모르겠지만 용병들과 플레이어들의 협력 관계도 일시적인 거겠지. 그렇다면…….'

빛의 봉인막이 발동되고 있는 동안 숫자를 최대한 줄여놓는다. 그 누구에게도 방해받지 않고 적절한 순간에 기억 속의 편린을 사용할 수 있도록.

"죽…… 커억!"

턱!

흉부로 비수가 몇 번이나 관통한다. 안면을 쥐어튼 태현은 사방으로 그림자를 풀어헤치며 선언했다.

"지금부터 단 한 명도 보내지 않겠습니다."

"끄으으으."

피에 젖은 살수의 기세.

다시금 회귀 이전 본연의 살성이 피어오르고 있었다.

[고대 수인의 갑옷 효과가 발동됩니다.]

[공격 시 일정 확률로 마력탄이 발동됩니다.]

B급 플레이어들이 중위권, 상위권을 차지하고 있는 이유는

스킬 및 특성뿐만 아니다.

이런 레어급에 달하는 장비는 물론.

"또 그 스킬이라 이거지?"

"쯧."

수십 차례 던전과 미션을 진행하면서 쌓은 경험 때문이었다.

용찬이 상대하고 있던 방패병은 뇌보의 재사용 대기 시간까지 파악한 것인지 아예 거리를 좁혀왔다.

그리고 단숨에 돌진 스킬을 사용해 기절 효과를 노렸다.

[기막힌 명중률(공용)이 발동됩니다.]

[카운터가 발동됩니다.]

[카운터 실패!]

'역시 아직까지 B급 플레이어는 무리였나. 전처럼 레버튼이라도 방패로 사용했으면 그나마 괜찮았겠지만…….'

안타깝게도 레버튼은 이미 깊은 부상으로 후방에서 치료를 받고 있었다.

용찬은 아쉬움을 털어내며 뇌전의 갑옷을 활성화시켰다.

파지지직!

"오호라. 속성력을 다루는 무투가였구나!"

"관찰할 시간이 있으면 옆이나 쳐다봐라."

"옆에 뭐가 있…… 꿰엑!"

고개를 돌리는 순간 날아오는 발길질.

순식간에 두 진영의 길드원들이 몰려들자 놈은 피할 겨를도 없이 집단 구타를 당하게 됐다.

"B급 플레이어라고 해봤자 다구리 앞에서 소용없지!"

"얼른 죽여 버려! 정신계, 속박계 따질 것 없이 미리 걸어놔!"

"엇. 포션 먹으려 한다. 방해 주문서도 시전해!"

이제 남은 B급 플레이어는 기껏 해봐야 40여 명가량이었다. 굳이 일대일 구도로 이어나갈 필요성을 못 느낄 정도로 숫자적인 면에서 월등했기에 교전은 비교적 손쉬울 수밖에 없었다.

다만.

[그림자의 비기가 발동됩니다.]

저쪽은 그리 상황이 좋지 못했다.

B급 플레이어들 못지않게 강력한 스킬들을 펼치며 학살의 장을 벌리고 있는 유태현. 기존 본인의 실력까지 합쳐지니 더할 나위 없이 깔끔한 전투를 보이고 있었다.

'그래도 나머지 두 개의 암살왕 장비는 얻어낸 건가. 보아하니 그림자 특성도 일찍이 얻은 것 같은데. 그렇다면 여태까지 강제로 등급을 조절하고 있었던 건가.'

등급은 얼추 C급으로 예상됐지만 장비와 다른 기술들이 뒷받침되어 주자 한층 능력이 부각되는 상태였다.

[마력 차단 주문서를 사용했습니다.]

[일정 시간 동안 마법 저항력이 상승합니다.]

[일정 시간 동안 C급 이하의 마력 기술들을 무력화합니다.]

그렇다면 자신도 나름의 준비를 갖춰야 할 터.

미리 마법 저항력을 높인 용찬은 최하급 엘릭서를 준비해놓고 바쿤의 병사들을 역소환시켰다.

-크, 큰일 났습니다. 마왕님. 루시엔 님이 전투 불능 상태로 귀환했습니다!

"……뭐?"

-다른 병사 분들은 그나마 괜찮으신 것 같지만 아무래도 루시엔 님은 적에게 당할 뻔하셨던 것 같습니다.

그레고리의 보고에 자연스레 유이치가 떠올랐다.

'역소환이 약간이라도 늦었다면 그대로 당했겠어. 그래도 소득은 있었다고 봐도 되겠지.'

네 명씩 직업별로 맞붙게 된 2층에서의 전투. 그 속에서 동일한 이도류와의 싸움은 루시엔에게 있어 새로운 경험을 심어주었을 것이다.

용찬은 할 수 없이 다른 병사를 후보로 두며 정혁에게 다가갔다.

"역시 리오스 진영의 루키라는 건가. 아니, 루키라고 보기에도 애매하군. 저 정도면……."

"등급만 좀 더 높아진다면 금방 랭커에 도달할 놈이겠죠."

"……한상훈이라고 그랬나. 정말 갑자기 나타나는 데에는 도가 텄군."

"그림자를 노리십시오."

"음?"

뜬금없는 조언에 미간이 좁혀진다. 하지만 용찬은 신경 쓰지 않고 계속해서 말을 이어갔다.

"굳이 본체를 노릴 필요도 없습니다. 틈은 제가 내어드리도록 하죠."

"도대체 너는……."

"갑니다."

전신으로 치솟아 오르던 뇌전이 전장으로 작렬했다.

콰앙!

수십 개의 그림자 사이로 내리꽂힌 라이트닝 볼텍스. 마침 성기사의 목에 단검을 꽂아 넣던 태현이 일순 당황했다.

'이런 위력의 마법을 시전한다고?'

분명 쿤다와 리미트리스엔 B급 플레이어가 없었다. 게다가 마력보다 더욱 위협적인 것은 뇌 속성력이었다.

태현은 감전 상태를 피하기 위해 재차 다른 그림자로 갈아타려 했지만 그 순간.

"지금부터 본체를 노릴 필요는 없다. 아예 그림자부터 싸그리 소멸시켜라!"

"이제 보니까 그림자가 사라질 때 몇 초 동안은 형상이 남아 있어. 마력에 약한 것 같으니까 한꺼번에 마법을 쏟아부어!"

역풍이 몰려왔다. 암살왕의 세트 효과로 그림자 지속 시간을 늘리고 있던 태현은 오히려 그림자가 약점으로 노출되자 인상을 팍 구겼다.

'젠장. 이렇게 되면!'

간간이 날아온 눈먼 화살에 부상이 깊어진다. 이젠 본체까지 노출된 가운데 마법들이 사방으로 터져 나갔다.

결국 태현은 포션을 복용하며 발밑으로 연막을 터트렸다.

"으윽. 도적의 주 기술인 연막탄이야. 다들 물러나!"

"연기에 독 효과까지 있어. 성직자들은 면역 버프부터 돌려!"

"그냥 큐어 스킬을 믿고 진입해. 진입하……."

콰지지직!

정혁의 지시를 무시하고 연기로 들어가던 쿤다의 플레이어들이 먼지가 되어 흩날린다.

[두 번째 증오가 발동됩니다.]

[어둠의 속성력이 거울성을 지배합니다.]

“끄아아아아아!”

B급 플레이어들을 상대하고 있던 페레스가 한층 더 폭주하기 시작했다.

드디어 기다리고 있던 두 번째 패턴. 그 순간, 두 남자의 눈이 이채를 발했다.

‘열쇠를 사용할 타이밍!’

‘놈이 열쇠를 사용한다!’

거울성을 공략하기 위해 나누어진 기억 속의 편린은 두 개. 그리고 각각 한 개씩 열쇠를 소유하고 있던 태현과 용찬이 뒤쪽 벽을 향해 달려갔다.

‘이런. 내가 한발 느려. 어떻게든 저놈을!’

뇌보까지 사용하고 있었지만 도저히 암살자의 속도는 따라가지 못했다. 태현도 뒤따라오는 플레이어가 용찬이란 것을 파악했는지 싱긋 입꼬리를 말아 올렸다.

“안타깝지만 이번 것은 내가 가져가겠……”

“기억 속의 편린은 내 거야. 유태현!”

“크윽?”

일찍이 예상하고 있던 변수. 하필 일지를 습득했던 성현이 뒤쪽 벽으로 뛰어드는 순간에 끼어들고 말았다.

열쇠를 손에 쥐고 있던 태현은 그가 날린 마법에 휘청거리면서도 대거를 던져 성현을 무력화시켰다.

그 순간,

"나를 잊으면 곤란할 텐데?"

"……고용찬!"

두 번째 변수가 예상하지 못한 뇌전까지 터트리며 열쇠를 낚아챘다.

감전 상태와 더불어 함께 몰려오는 어둠의 속성력.

태현은 상태 이상에서 벗어나 재빨리 주문서를 찢었다.

[추적하는 갈고리 주문서를 사용했습니다.]

[지정하는 대상에게로 속박하는 갈고리가 날아갑니다.]

"이번 것만큼은 절대 뺏기지 않아. 거기 멈춰. 고용찬!"

"……넌 그때 한 번이라도 멈추었던가?"

까앙!

짙은 연기 속으로 또 한 명의 인영이 앞을 가로막는다.

소환 되자마자 용찬을 대신해서 갈고리에 속박당한 쿨단. 붉은 안광이 은은하게 빛나는 동시에 빛의 봉인막이 사라지기 시작했다.

-드디어 열쇠 두 개를 회수했다. 얼른 남은 놈들을 소탕하자!

단숨에 B급 플레이어들에게로 덤벼드는 용병들.

숨겨진 퀘스트가 완료되며 기억 속의 편린 두 개가 용찬의 손에 들어왔지만 또다시 반전이 일어났다.

[기억 속의 편린(1)이 사용됩니다.]

[기억 속의 편린(2)이 사용됩니다.]

열쇠 구멍을 통해 흘러나오는 검은 액체들.

-아니? 지금 무슨 짓을 하는 거야!

용찬을 중심으로 회전하는 검은 물결들을 보자마자 용병들이 당황해했다.

"난 열쇠를 파괴한다고 한 적이 없어. 그저 너희들이 착각했을 뿐이지."

-저 개자식. 죽여 버릴…….

그제야 속았다는 사실에 용병들이 분노하던 순간 최상층 전체로 깊은 어둠이 드리워졌다.

'이렇게 되면 정보라도 얻어낸다!'

태현은 페레스와 함께 어둠 속으로 사라지는 두 명을 보며 급히 간파 주문서를 사용했다.

하지만.

[마력 차단 주문서가 발동 중입니다.]

[간파 실패!]

그것마저 대비하고 있던 용찬이었다.

"빌어먹을. 고용차아아아안!"

"……."

살며시 틀어지는 고개.

아예 등을 돌린 용찬의 앞으로 어둠 속 공간이 드러났다.

그리고.

"그으으으으!"

"드디어 만나게 되는군."

거울성의 보스인 페레스가 살기를 드러내는 가운데 사방으로 뇌전이 몰아쳤다.

"최초로 소환된 플레이어 페레스, 아니……."

"크아아아!"

"김민찬."

비극적인 진실이 밝혀지는 순간이었다.

처음엔 믿기지 않았다. 그저 받아들이지 않으려 회피만 했다. 한데, 어떤 땅을 밟든 사람 사는 곳이라서 그런 것인지 어느샌가 적응해 있었다.

그리고.

'오늘 의뢰도 꽤 빡빡한데?'

'네 머리가 제일 빡빡하다. 이 새끼야.'

'미친. 내가 머리 얘기 꺼내지 말라고 했지. 엉?'

함께 길을 걸어주는 동료들과.

'페레스. 오늘은 또 어디를 갔다 온 거야? 얼른 얘기해 줘. 응응?'

어둠 속에서 빛처럼 다가와 준 그녀를 만났다.

매일이 꿈만 같았고 가끔은 이런 생활이 괜찮다는 생각이 들 정도로 빠져들었다. 하지만 인간이 존재하는 세계는 하나같이 잔혹하고 비참했다.

'그딴 계집년 하나 때문에 우리 공작가에게 이런 치욕을 안겨? 기껏 해봐야 용병 나부랭이 놈들이!'

'그, 급해서 그랬어. 공작 놈이 상단의 빚을 탕감시켜 주고 오히

려 대륙 10대 상단으로 만들어준다고 했다고!'

'용병 조합이 공식적으로 왕국과 협력 관계를 맺었어. 너희 푸른 갈퀴 용병단을 토벌하기로 마음먹었나 봐.'

복수를 결심하고 힘을 키우기 시작하자 적들도 자연스럽게 많아졌다. 대륙을 오가면서 가족처럼 지냈던 동료들은 한 명씩 죽어갔고 그런 과정 속에서 언제나 홀로 남겨졌다.

공작가에 이어 제국, 그리고 고향이라 여겼던 왕국까지. 몰려오는 적들은 점차 많아졌고 강한 적들이 출현할 때마다 매번 목숨을 걸어야 했다.

'어떻게 용병 놈이 그렇게 성장할 수 있는 거야? 이익. 이 저주만큼은 안 쓰려고 했건만!'

'안 돼, 페레스!'

결국 하나밖에 남지 않았던 희망까지 잃게 되자 세상이 어둡게 물들었다.

아마 그때 즈음이었을 것이다.

[김민찬 플레이어에게 퀘스트가 전달됐습니다.]

[승낙하시겠습니까?]

하멜의 시스템이 내게 먼저 반응한 것이.

그날 이후로 나는 아이리스의 저주를 풀기 위해 불멸이란 특성을 받아들였고, 새로이 소환될 플레이어들을 기다리면서 기나긴 세월을 거울성에 갇혀 지내며 살았다. 다행히 완전히 속박되는 것은 아니었는지 간간이 바깥을 돌아다닐 수 있었고 그때마다 충동을 버티지 못한 나는 살인을 저질렀다.

죽이고, 또 죽이고.

얼마나 손에 피를 묻히며 살아왔을까.

왕국과 제국에 대한 복수심이 한계에 도달할 즈음 마침내 플레이어들이 나타났다. 아이리스의 저주를 풀 수 있는 유일한 방법은 바로 플레이어의 시체 1만 구를 확보하는 것. 때문에 나는 미친 듯이 중립 지역을 오가며 그들을 도륙하고 또 도륙했다.

오직 그녀를 위해서 말이다.

한데.

"지금부터 기나긴 꿈에서 깨게 만들어주마."

이 녀석은 숱하게 봐오던 플레이어들과는 조금 달랐다.

[기억 속의 편린 효과로 인해 페레스의 등급이 조정됩니다.]

[페레스의 등급이 일시적으로 C급 히어로로 변경됩니다.]

[기억 속의 편린 효과로 인해 독립적인 어둠 속의 공간에 갇혔습니다.]

거울성의 진입 등급이 B급에서 D급 사이였던 이유, 그 이유는 다름 아닌 공략을 위해 마련된 두 개의 열쇠 때문이었다. 비록 불멸 특성은 그대로였지만 이것으로 방해꾼은 사라졌다고 볼 수 있었다.

'거의 무적이라고 볼 수 있는 불멸이지만 특성이라면 약점은 있게 마련이지. 그나저나…….'

스멀스멀 올라오는 어둠의 속성력. 마치 고향에 돌아온 어린아이처럼 건틀릿 주위로 꿈틀거렸다.

[어둠의 속성력이 상승했습니다.]

페레스, 아니, 민찬이 만들어낸 공간 때문일까.

하지만 용찬은 미처 생각할 겨를도 없이 달려드는 놈을 상대해야 했다.

"쿨단. 정면을 맡아라."

[ㅠㅅㅠ]

마침 속박에서 풀린 쿨단이 방패를 치켜들었다.

까앙!

철갑화를 발동했는데도 불구하고 뒤로 밀리는 신형.

언데드도 고통은 느끼는 것인지 이모티콘의 표정이 눈물겨웠지만 등급 조정 때문인지 버틸 정도는 됐다.

[전투 돌입(공용)이 발동됩니다.]

[뇌전의 갑옷이 발동됩니다.]

[마력탄이 발동됩니다.]

가장 먼저 뇌전이 실린 마력탄을 통한 견제가 시작됐다.

"그아아아!"

"크윽!"

아예 피해를 감수하고 돌진한 민찬.

손에 쥔 장검으로 검기가 발하며 위력적인 검날이 쇄도했다. 간신히 방어를 취한 용찬은 예상 못 한 관통 효과에 인상을 구기면서도 반격을 이어갔다.

하지만.

[어둠의 물결이 발동됩니다.]

놈은 상태 이상 효과의 스킬을 시전하며 그런 행동조차 불가능케 만들었다.

"빌어먹을. 쿨단!"

결국 쿨단이 흡수력을 시전해 대신 혼란 상태에 걸리며 위험에서 벗어나게 됐다.

'역시 능력치들은 크게 달라지지 않은 건가. 스킬의 효과도 무시할 수 없겠어.'

일부 스킬 및 특성은 능력치의 영향을 받는다. 당장만 해도 쿨단이 골을 싸매며 바닥을 구르고 있는 상황. 어둠의 물결에 깃든 마력 능력치가 상당하다는 의미였다.

[고통의 갈림길이 발동됩니다.]

[일점 격발이 발동됩니다.]

정면에서 충돌하는 두 개의 스킬. 어둠이 깃든 두 개의 검날이 볼버의 흑수를 강하게 밀어붙였다.

'안 돼. 내가 밀려!'

붉게 충혈된 두 눈이 위험을 감지했다. 할 수 없이 용찬은 반격을 통해 검날에서 벗어나 우선적으로 거리를 벌렸다.

"그으으으. 플레이어!"

"쯧. 약간은 이성이 남아 있었나."

"죽여 버리겠어. 아이리스, 아이리스를 구하기 위……."

콰앙!

안면으로 정확히 적중한 마력탄.

"그깟 NPC 하나 때문에 목숨을 건 게 자랑거리인 줄 아나 보군."

"크아아아!"

파지지직!

"웃기지 마라. 애초에 이런 세계에 기대를 건 것은 너다. 순진했던 너 자신을 탓해라."

다시금 뇌전이 활성화되며 신형이 빠르게 쏘아졌다.

약간의 도발이 효과가 있던 것일까.

이성을 잃고 폭주하던 놈이 더욱 분노를 주체하지 못하고 마구잡이식으로 검을 휘둘렀다.

까앙!

팔을 저리게 만드는 충격. 제어하지 못하고 휘두르는 난잡한 공격 속에서도 위력만큼은 여전했다. 하지만 용찬은 물러서지 않고 복부로 뇌신장을 꽂아 넣었다.

쿠웅!

"……하아, 하아."

기껏 아껴둔 체력이 금세 소모된다.

뒤쪽 벽으로 날아간 놈은 만신창이가 된 채로 다시 몸을 일으켰다.

“그으으으. 아이리스.”

“그래. 그랬었지. 네놈은 그 이유 하나 때문에 계속해서 일어설 수 있는 거였어.”

“아이리스으으으!”

“근데 말야.”

콰앙!

어둠 속 공간으로 작렬하는 천둥 벼락.

빛이 번쩍이는 시야 속에서 전신으로 뇌전이 솟구쳤다.

“포기하지 못하는 것은 나도 똑같아.”

연이어 내리꽂히는 라이트닝 볼텍스.

아예 마력 고갈 현상까지 감수한 용찬은 멈추지 않고 계속해서 스킬을 시전했다.

그리고.

콰아아앙!

네 차례에 걸쳐 벼락이 내리칠 즈음이 되서야 민찬의 몸이 반쯤 타들어가고 있었다.

“헉. 허억. 질긴 놈.”

“끄어어어. 용서 못 해.”

"하지만 아직 멀었어."

미리 준비해 둔 최하급 엘릭서가 목을 타고 넘어간다. 거의 고갈 직전이던 마력과 체력들이 단숨에 회복되어 갔다. 그 순간, 신체를 재생하던 민찬이 한 쌍의 날개를 만들어냈다.

[절망의 날개가 발동됩니다.]

[심연의 어둠이 공간을 지배합니다.]

마침내 세 가지 패턴 중 마지막 단계가 찾아왔다. 순식간에 몸을 재생시킨 놈은 날개에 돋친 깃털을 날리며 괴성을 내질렀다.

"전부. 전부 죽여 버리겠어. 인간 놈들!"

"……이건?"

뇌리를 스치고 지나가는 기억들. 온갖 인간들의 욕망과 잔악함이 표현된 장면들이 눈앞에 아른거렸다.

'종족이 무엇이든 상관없지. 잠시 얘기를 들어주겠나?'

그제야 용찬은 용병들이 했던 말의 뜻을 조금이나마 이해할 수 있었다.

'같은 인간들에게 상처받은 족속들이라. 그 외 종족들은 믿을 만하다고 여긴 건가.'

절로 쓴웃음이 흘러나온다.

푸푸푸푹!

좌우 할 것 없이 날아온 깃털은 피할 틈도 없이 온몸에 박혀 들었다. 고통은 이루 말할 것도 없었으며 바닥으로 금세 피가 철철 흘러나왔다.

하지만.

"그거 하나만 알고 있어라."

"그아아아아!"

"애초에 기대하니까 배신당하는 거다."

과거에 배신당한 경험이 있는 것은 그뿐만이 아니었다.

'안타깝지만 이게 엔딩이야.'

결코 잊을 수 없는 단 한 명의 목소리. 용찬은 한층 사나워진 눈빛으로 다시금 자리에서 일어났다.

그 시각, 바쿤으로 넘어온 아리샤는 평소와 다른 분위기에 자못 당황스러워했다.

"무슨 일이길래 그리 암울해져 있는 게냐."

"다 저 때문이에요. 제가 너무 혼자 신나 있어서 누님을 챙기지 못했어요!"

"에, 에잉. 이 손 좀 놓고 제대로 얘기를 해보거라."

작은 덩치로 매달리던 헥토르가 뒤늦게 자초지종을 설명했다.

플레이어들의 지역으로 이동되어 만난 네 명의 인간들. 전투가 시작되고 나서 얼마 되지 않아 치명상을 당한 루시엔까지.

그제야 아리샤는 헥토르가 훌쩍거리는 이유를 알 수 있었다.

"그래서 루시엔은 어디에 있는 게냐."

"2층에서 로드멜 님께 치료를 받고 계세요. 치명상이라서 며칠 정도는 일어나지 못할 거라고 하시던데. 전 어쩌면 좋죠?"

"쯔쯧. 아무리 마왕성의 병사라지만 너무 막 굴리는구나. 기왕 온 김에 헨드릭 그놈에게 한마디 크게 해주마."

"훌쩍. 아직 마왕님은 돌아오시지 않고 계세요. 저희만 먼저 돌아온 거예요."

"……에잉. 우선 2층으로 가보자꾸나."

한동안 바쿤에서 지내왔기 때문일까.

억겁의 세월 동안 방관자로 살아왔던 마녀가 처음으로 누군가를 걱정했다. 하지만 그런 사실을 알지 못하는 병사들이었고 심지어 본인조차 인지하지 못하고 있었다.

달칵!

"하아. 헥토르 님. 자꾸 들락날락거리시면 곤란…… 아리샤 님?"

"에잉. 하필 흉부 아래쪽을 찔렸구나. 이 상태라면 한동안 치료만 계속 받아야겠어. 음?"

루시엔을 치유하고 있던 로드멜이 한층 핼쑥해진 얼굴로 둘을 쳐다봤다. 하지만 아리샤는 그런 시선을 무시한 채 창문 쪽으로 고개를 돌렸다.

천천히 바깥으로 흩날리는 모래바람.

"아리샤 님. 무슨 일이십니까?"

"……아무것도 아니다. 그나저나 마력이 거의 고갈되기 직전이구나. 이리 와보거라."

그 속에서 흐릿하게 보이던 형체가 있었지만 그녀는 우선적으로 로드멜에게 포션을 건넸다.

"숲에서 가져온 중급 마력 포션이다. 어서 마셔보거라."

"이, 이런 귀한 것을 제가 받아도 되겠습니까?"

"마음 같아선 내가 직접 치료하고 싶지만 그러진 못해. 그나마 이런 것이라도 챙겨 줘야 마음이 편할 것 같구나."

"감사히 잘 마시겠습니다."

거의 마력이 한계 직전이던 것인지 끝까지 거절은 못 하는 그였다. 그렇게 부상당한 루시엔을 마저 확인한 아리샤는 찝찝한 마음을 털지 못한 채 복도로 나오게 됐다.

"그래도 금방 일어나시겠죠?"

"무리만 안 시킨다면 그럴 수도 있겠지."

"하아. 다행이네요. 마왕님도 얼른 돌아오셔서 이런 사실을 아셔야 할 텐데. 설마 마왕님까지 큰 부상을 당하셔서 돌아오시는 건 아니겠죠?"

"흐음. 글쎄다."

묘하게 굴러가는 눈동자.

점차 머릿속으로 용찬과 처음 재회했던 순간이 떠올랐다.

"각성한 재능."

"네?"

"그리고 거기에 집념과 뼈를 깎는 노력이 합쳐진다면 어떻게 되는지 알고 있느냐?"

"으음. 노력하는 천재?"

"아니."

한층 진지해진 표정으로 아리샤가 답했다.

"……괴물이 탄생할지도 모르는 일이지."

-쓰레기 같은 자식들. 죄다 죽여 버리겠어!

우레 같은 함성 소리와 함께 라울이 돌진해 온다. 수십 년동안 갈고닦은 도끼술은 위협적이기 그지없었고 경험 또한 충분했기에 플레이어들도 그를 막기는 쉽지 않았다. 게다가 용찬의 배신 때문인지 용병들의 분노는 모두를 향해 있었다.

"젠장. 이러다간 모두 뒤지겠어. 귀환은 도대체 언제 되는 거야!"

"끄악. 거울도 워낙 단단해서 부서지지 않아. 탈출도 불가능하다고!"

"어떻게든 막아. 성직자들은 방패병들에게 최대한 힐을 집중해!"

세 개의 무리로 인해 난장판이 된 최상층. 임시로 시전한 연막까지 걷히자 상황은 더욱 혼란스러워졌다.

'……페레스는 놈과 같이 어둠 속 공간으로 빨려 들어갔고 남아 있는 B급 플레이어들은 전멸 직전. 정말 최악이 따로 없군.'

심지어 용찬의 정보도 파악하지 못했다.

주저앉아 있던 태현은 어처구니없는 상황에 망연자실해 웃음을 흘렸다.

하지만 그것도 잠시.

-괜찮으십니까. 태현님. 아까 전에 미처 보고를 못 드렸는데, 아무래도 1층의 리미트리스와 쿤다 진영 놈들이 상층으로 올라간 모양입니다. 다행히 저희는 들키지 않았지만 반대로 무투가 놈이 소환했던 놈들은 그만 놓쳐 버렸습니다. 동료들도 상상 이상으로 강한 것 같더군요. 그래서 일단…….

-난 여유롭게 상대했다니까 그러네. 가면까지 거의 벗겼다니까. 그러고 보니 언뜻 뾰족한 귀를 본 것 같기도 했는데. 흐음. 내 착각이었나.

-하아. 유이치 님. 지금은 장난칠 때가 아닙니다.

수정구로 들려오는 대화 소리에 정신이 번쩍 들었다.

"유이치 님. 그게 정말입니까?"

-엉. 뭐 말하는 거야?

"뾰족한 귀 말입니다."

-으음. 분명 난 본 것 같은데 얘들은 아무리 말해도 안 믿더라고. 그래서 내가 잘못 본 건가 싶기도 해서 머릿속이 한창 복잡해지던 참이야.

가볍게 흘려들을 수 없는 증언. 비록 아직까지 확신의 단계는 아니었지만 나름의 소득은 있었다.

태현은 조심히 소환된 동료들의 정체를 추측하며 자리에서 일어났다.

"좋습니다. 일단 여기선 물러나도록 하죠."

-그걸 사용하실 생각이십니까?

"이미 보스는 다른 놈에게 뺏겨 버렸고. 더 이상 얻을 것도 없으니 귀환해야겠죠. 아놀드 님께 잔소리를 좀 듣긴 하겠지만 어쩔 수 없지 않습니까."

-……잔소리 수준이 아닐 것 같지만. 일단 알겠습니다.

동현이 사뭇 걱정했지만 상관없었다.

애초에 계획이 실패할 것을 대비해 따로 그에게 안겨줄 히든 피스를 챙겨놓은 상태였으니까.

미리 동현에게 맡겨둔 레어급 아이템 또한 실패를 우려한 대비책이라고 볼 수 있었다.

[파티원 송동현 님이 강제 탈출 아이템을 사용했습니다.]

[파티원 전체가 진영으로 귀환합니다.]

피가 튀기는 전장 속에서 솟구치는 마력.

"저, 저건 귀환진이잖아? 어떻게 귀환이 가능한 거야!"

"그것보다 저 자식. 우리를 버리고 혼자 도망가겠다 이거잖아? 저 개자식이!"

"크. 유태현보단 용병들이 우선이다. 다들 전투에 집중해라!"

교차하는 시선들 사이로 태현이 살며시 입가를 올렸다.

'이번 공략을 통해 잃은 것은 많지만 충분히 복구가 가능하지. 오히려 지금은 고용찬. 그놈의 정보가 더욱 중요해.'

연기 속에서 마주친 시선.

모험가 로브를 걸친 채 뇌전을 방출하던 장면.

그리고 놈의 동료와 맞붙은 유이치의 증언까지.

얻은 피해에 비해 건진 것은 터무니없이 적었지만 상관없었다.

'이걸로 한 가닥 실마리는 잡았다.'

서서히 흐릿해지는 시야 속에서 태현의 묘한 눈빛이 용병들을 향하고 있었다.

두근두근.

심장이 박동 친다.

기나긴 세월 속에서 자란 어둠이 온몸을 조여왔다. 그리고 깜깜했던 세상 속에서 점점 한 남자의 모습이 그려졌다.

'……반드시 내가 구해줄게. 아이리스.'

만연하게 핀 백색 꽃들 속에서 소녀를 안고 서 있는 청년.

등에 박힌 수십 자루의 검들과 피로 물들어 넝마가 된 갑옷까지. 끝을 알 수 없는 고통 속에서 결심한 맹세는 수백 년이 흘러 지금까지도 계속 이어져 오고 있었다.

[어둠의 쇠사슬이 발동됩니다.]

[일정 시간 동안 속박 상태에 처합니다.]

마침 공중으로 날아오른 놈이 쇠사슬을 뽑아 들었다.

용찬은 미처 피할 겨를도 없이 그 자리에서 속박 당했고 이어서 붉은 가루가 뿜어져 나왔다.

[라이프 드레인이 발동됩니다.]

[지속적으로 생명력을 빼앗깁니다.]

'저주를 풀기 위해 흑마법을 연구했다고 하더니 직접 배우기까지 한 건가.'

정말 성가시기 그지없는 패턴이다.

속박 기술에 이어 흑마법까지.

마력 방출을 통해 벗어나 보려 했지만 등급 차이 때문인지 그것조차 쉽지 않았다. 당장 희망을 걸어 볼 수 있는 것은 혼란 상태에 걸려 있는 쿨단뿐.

[@ㅁ@]

하지만 그런 기대감은 금방 꺼져갔다.

'역시 다른 병사를 소환해야 되는 건가.'

한숨을 내쉬던 용찬은 빨려 들어가는 생명력을 보며 선택의 기로에 놓였다. 그 순간, 착용하고 있던 볼버의 흑수가 검게 물들기 시작했다.

-도와줄게. 도와줄게.

"뭣?"

쇠사슬을 타고 흘러가는 어둠의 속성력. 뭉게구름처럼 형체화 된 놈들은 걸신이 들린 듯 민찬의 어둠을 흡입하기 시작했다.

[어둠의 쇠사슬이 풀립니다.]

[어둠의 속성력이 상승합니다.]

전신을 조여오던 쇠사슬이 바닥으로 툭 떨어진다.

속박에서 벗어난 용찬은 볼에 달라붙은 어둠(?)을 보며 당황해했다.

-칭찬해 줘. 칭찬해 줘.

"……칭찬이라고?"

-칭찬! 칭찬!

애교를 부리듯 철썩 달라붙어 볼을 부비는 어둠의 속성력. 쇠사슬을 쥐고 있던 민찬도 당황스러운 것은 마찬가지였는지 사라진 어둠의 기운을 보며 고함을 내질렀다.

그리고 활짝 펼치고 있던 날개를 펄럭이며 재차 달려들었다.

[증오의 섬광이 발동됩니다.]

이번에도 어김없이 검게 물든 칼날이 쇄도했다.

하지만.

-먹을 거야! 먹을 거야!

어둠의 속성력도 가만히 있진 않았다.

다시금 칼날에 물든 어둠의 기운을 빨아들이며 자신들의 식성을 드러내는 놈들.

"재능이 깨우쳐진 거지. 필시 네놈의 재능은 친화력이었을게다."

그제야 용찬은 아리샤의 말을 떠올리며 공간을 살폈다.

'그래. 맞아. 여긴 어둠의 공간이었어. 뇌전의 권능 때처럼 어둠의 속성력을 끌어올릴 수단으로 안성맞춤인 곳이야. 그렇다는 것은…….'

막무가내로 달려들던 어둠이 멈칫한다.

주인의 의지에 반응이라도 한 것일까.

뒤늦게 방향을 틀어 민찬의 주위를 포위했다.

"칭찬을 받고 싶나?"

-칭찬! 칭찬!

"그렇다면 근원 자체를 집어삼켜라."

두 번째 증오는 어둠 자체로부터 시작된다. 열쇠를 통해 만들어진 공간, 자신과 동일하게 어둠의 속성력을 다루는 민찬까지.

이제부턴 같은 속성 간의 대결이라고 볼 수 있었다.

"그으으으. 크아아!"

승부의 관건은 누가 먼저 상대방의 속성력을 집어삼키는지.

당장 발산되는 놈의 어둠은 흉폭하기 그지없었지만 자신의 속성력들도 만만치 않았다.

민찬에게 흡수되는 것을 거부하듯 역으로 어둠을 집어삼키는 놈들.

-먹어! 먹어!

친화력 때문인지 볼버의 흑수 때문인지 이유는 알 수 없었지만 식성 하나만큼은 불멸자의 어둠을 앞지르고 있었다. 용찬은 그 틈을 놓치지 않고 뇌보를 시전해 정면으로 파고들었다.

타앙!

어깻죽지에 꽂히는 일점 격발.

이전보다 상승한 숙련도 때문인지 기력 소모는 그리 크지 않았다.

"크아아아. 죽을 수 없어. 난 죽을 수 없다고!"

"아니, 넌 여기서 죽는다."

펄럭이던 날개가 단숨에 찢어진다.

"그아아아. 아이리스. 아이리스으으!"

허공으로 날아오르던 민찬은 땅에 처박혀 발버둥을 치기 시작했다.

선혈로 얼룩진 공간 속으로 표출되는 증오와 원한. 피와 눈물로 범벅이 된 얼굴은 이제 인간이라고 볼 수 없을 정도로 기괴해져 갔다.

머나먼 어둠 끝에서 보이는 이상향.

"아이리스. 반드시 내가 구해……."

타앙!

유일하게 남은 빛을 향해 손을 뻗던 놈의 안면이 박살 났다.

"이제 꿈에서 깨어날 시간이다."

연달아 터진 총성이 귀를 쩌렁쩌렁 울린다.

이전보다 능력이 약화된 민찬은 속사포처럼 쏘아지는 일점격발에 정신을 차리지 못했다. 용찬은 그 기세를 몰아 거침없이 주먹을 휘둘렀고 이내 어둠의 근원이 형체를 드러냈다.

[세 번째 증오가 발동됩니다.]

[어둠의 근원이 정신을 지배합니다.]

[지배 실패!]

[동일한 속성력끼리 충돌합니다.]

해일처럼 밀려오는 검은 물결들. 서서히 귀가 먹먹해지고 눈앞이 깜깜해져 갔다. 그리고 마침내 두 남자가 나란히 자리에 서서 서로를 바라봤다.

"……설마 이렇게 될 줄은 꿈에도 몰랐는데. 결국 어둠에 의해 지배당하고 있었던 건가."

"……."

서글픈 두 눈동자가 이리저리 굴러갔다. 자신의 양손을 내려다보던 민찬은 이내 주먹을 부르르 떨며 다시 고개를 들었다.

"시간이 얼마나 지났지?"

"정신이 되돌아온 건가?"

"내가 먼저 물었잖아. 시간이 얼마나 지났냐고."

"어이가 없군. 수백 년 동안 고삐 풀린 망아지처럼 날뛰던 놈이 정신을 차리자마자 한다는 말이 겨우 그건가."

"뭐?"

"너랑 시답잖은 잡담할 시간 따위 없다. 당장 이 공간을 풀어. 그 질긴 명도 내가 단숨에 끊어주지."

현재 위치한 곳은 또 다른 독립적인 공간. 제 자리에서 단 한 발자국도 움직이지 못한다는 사실에 절로 이가 갈렸다. 뒤늦게 민찬도 그것을 깨달은 것인지 쓴웃음을 흘렸다.

"그런 거였군. 이제 기억이 났어. 불멸자가 된 난 그만 시스템에게 속아 거울성의 보스가 됐던 거야. 그리고 넌 나를 처치하기 위해 거울성으로 들어온 플레이어겠지."

"알고 있다니 다행이군. 그렇다면……."

"못 풀어."

"뭐?"

허탈한 표정으로 놈이 자리에 주저앉았다.

"이렇게 된 이상 둘 중 한 명이 소멸될 때까지 여기서 못 벗어날 거야."

어둠 간의 대립. 전혀 예상치 못한 상황에 반응한 것인지 근원은 동족상잔을 택했다.

"어둠의 근원은 애초에 나를 집어삼켰던 놈이야. 제멋대로일 수밖에 없지. 근데 네놈의 속성력도 은근 제어가 안 되는 놈이었나 봐? 정작 속성의 주인인 너도 이렇게 손가락만 쪽쪽 빨며 결과만 기다리고 있잖아. 안 그래?"

둘 중 한 명이 소멸될 때까지 이 지루한 시간은 끝나지 않는다.

민찬은 그렇게 설명했지만 당장 받아들이기 어려웠다. 특히 회귀 이전과 전개가 달랐기에 더더욱 용찬은 어이가 없었고, 컨트롤이 되지 않는 어둠의 속성력 때문에 내심 짜증이 치솟았다.

[어둠의 속성력이 상승했습니다.]

지금도 여전히 치열하게 진행되고 있는 대립.

"근데 아무리 네 속성력이 높다고 해도 근원을 이기긴 힘들 거야. 게다가 제어도 안 되는 것 같더만. 그냥 포기하는 게 어때?"

"입 다물어라."

간간이 이죽거리는 민찬의 안면을 당장에라도 걷어차고 싶었지만 상황이 여의치 않았다. 그나마 희망을 걸어볼 수 있는 것은 어둠의 속성력이었지만 그의 말처럼 재능만으로 근원을 이긴다는 것은 거의 불가능한 일이었다.

'어둠의 속성력 때문에 오히려 발이 묶일 줄이야. 나도 어지간히 운이 없군.'

회귀 이전이었다면 금방 수백 명의 플레이어들에게 처리될 민찬이었다.

홀로 보상을 독차지한다는 것은 좀처럼 쉽지 않은 일.

할 수 없이 용찬은 어색한 분위기 속에서 이전에 얻은 퀘스트 보상부터 확인했다.

[푸른 갈퀴 용병단의 반지]

[등급:레어]

[옵션:친화력 2 상승, 하루에 한 번씩 랜덤으로 망령 상태인 용병 한 명을 소환(친화력 능력치에 비례해 지속 시간 상승).]

[설명:A급 용병단이었던 푸른 갈퀴의 결속력은 수백 년이 지나서도 잊혀지지 않았다. 그들의 인정을 받은 자만이 소유할 수 있는 반지는 망령이 된 용병들까지 불러내는 특이한 힘을 소유하고 있다.]

'귀환은 실패되고 보상만 얻은 건가. 그렇다면 쿤다와 리미트리스 놈들도 아직 거울성을 못 빠져나갔겠군.'

B급 용병을 소환할 수 있는 레어급 반지.

숨겨진 퀘스트의 보상인 만큼 효과 하나는 만족스러웠다.

그러던 차, 눈길 한 번 주지 않던 민찬이 갑자기 반지를 보며 사납게 노려봤다.

"너 그거 어디서 났어?"

"네 동료 놈들이 주더군. 불만인가?"

"하. 플레이어인 네놈에게 우리 용병단의 표식을 건넸다고? 웃기지 마. 네놈이 강제로 뺏은 거겠지!"

"쯧. 어린애도 아니고 이런 일 따위로 태클을 걸 줄이야. 정확히는 퀘스트를 통해 받았다. 알아 처먹었으면 그만 입 다물어."

"……퀘스트라니. 설마?"

그제야 보통 플레이어들과 다르다는 것을 눈치챈 것인지 민찬의 입이 떡 벌어졌다.

'그래. 맞아. 필립은 다른 계열 스킬에 상관없이 종족을 꿰뚫어 보는 특성을 가지고 있어. 그렇다면 이놈은?'

서서히 가늘어지는 눈매.

인간과 플레이어들을 쉽사리 믿지 못하던 그는 눈앞의 반지를 보며 잠시 고민하게 됐다. 그리고 근원과 충돌하고 있는 용찬의 속성력을 보며 생각을 달리했다.

'확실히 어둠의 근원이 우위를 차지하고 있긴 하지만 저놈의 어둠도 만만치 않아. 제어가 안 된다 뿐이지 지금도 보이는 대

로 근원의 어둠을 먹어치우고 있으니까.'

한껏 비아냥거리긴 했지만 실제로 자신조차 쉽사리 결과를 예상하지 못하고 있었다.

점점 머릿속으로 떠오르는 아이리스. 오랫동안 그녀를 보지 못한 탓인지 조급함은 더욱 격해졌다.

'정말 이놈이 단원들에게 반지를 받은 거라면 종족이 다르거나 보통 플레이어가 아니란 의미일 거야.'

인간과 플레이어에 대한 원한과 불신. 그 속에서 나타난 특별한 플레이어.

결국 민찬은 질끈 눈을 감다 이내 입을 열었다.

"어이. 이름은 모르겠지만 거래를 하자."

-결코 잊지 않으리. 너희 플레이어란 족속들을 평생 저주하겠다!

원한 어린 저주를 실컷 퍼붓던 용병 필립이 소멸된다. 이것으로 망령이 된 푸른 갈퀴 용병단은 전부 정리가 됐다.

후방에서 숨을 죽이고 지켜보던 레버튼은 사방에 널린 시신들을 보며 몸을 떨었다.

'목숨을 건지긴 했지만 이렇게나 많은 사람들이 죽을 줄이

야. 함께 싸우던 용병들이 갑자기 우리를 공격하면서 피해가 더욱 심해진 것 같아.'

안도감 속에서 밀려오는 죄책감. 다른 생존자들도 그것은 마찬가지였는지 누구도 먼저 입을 열지 않았다.

쿠웅!

결국 가장 먼저 침묵을 깬 것은 정혁이었다.

펄션 길드의 간부로서 책임감이 막중했던 간부.

"사망자만 무려 백여 명. 도대체 이런 걸 어떻게 보고하라는 거냐!"

직접 길드 마스터에게 부탁까지 받았건만 자신이 통솔하던 C급과 D급 플레이어들은 대부분 시체가 되어 돌아와 있었다.

"젠장. 이렇게 될 줄 알았으면!"

"유태현. 개자식. 반드시 복수할 테다."

"……리오스 진영. 언제고 대가를 치르게 만들 테다."

다른 길드의 간부들도 사정은 똑같은 것인지 최상층을 둘러보며 분노를 드러냈다.

일부는 동료의 시체를 내려다보며 피눈물까지 흘리는 상황. 참담한 결과에 길드원들은 질끈 눈을 감으며 메신저 창을 켜고 있었다.

이런 암울한 분위기 속에서도 자신의 길드에게 보고를 올리는 것이다.

'이럴 때 끼어들면 안 되겠지. 그나저나 그놈은 어디로 간 거야. 분명 전투할 때까지만 해도 곁에 있었는데'

미리 뒤쪽으로 빠져 있던 레버튼은 용찬을 찾기 위해 주위를 두리번거렸다.

하지만 어디로 간 것인지 그는 보이지 않고 오히려 의자에 앉은 소녀가 눈에 들어왔다.

[아이리스]

[등급:?]

[상태:저주]

'분명 최상층에 올라올 때부터 쭉 잠들어 있던 것 같았는데. 보스와 관련이 있는 NPC인가. 한 번 깨워봐도 되려나?'

수북이 쌓인 꽃들 속에서 고요히 잠들어 있는 NPC. 어린 나이 같은데도 불구하고 한 눈에 들어오는 뽀얀 피부와 인형 같은 외모는 절로 넋을 놓게 만들었다.

"저거 보스와 함께 있던 NPC 아냐?"

"아 참. 그러고 보니 이 녀석이 거울성에 대한 비밀을 알고 있다고 했던 것 같은데?"

"크으으으!"

밧줄에 묶여 포로로 잡힌 성현이 거친 발길질에 인상을 찡

그렸다.

"자, 얼른 말해봐. 네가 알고 있다는 사실이 뭐야?"

"모, 목숨만 살려준다면 뭐든 다 얘기해 줄게. 그러니까 제발……."

"알았으니까 닥치고 얘기해 보라고!"

목숨의 위협을 받자 술술 나오기 시작한 일지의 내용.

그제야 거울성의 잔혹한 진실을 알게 된 플레이어들은 충격 때문인지 쉽게 입을 다물지 못했다.

"플레이어 시스템을 사용할 수 있는 NPC라니. 말이 안 되잖아."

"잠깐만. 보스도 플레이어였던 거 아냐? 이 애를 지키기 위해 퀘스트를 받아들인 거고 말야."

"나 참. 그래서 그게 우리랑 무슨 상관인데. 결국 그놈 때문에 우리가 이렇게 된 거잖아. 거울성만 없었더라면 애초에 이런 일도 안 생겼을 거라고."

일부 플레이어들이 분노에 찬 얼굴로 아이리스를 노려봤다.

서서히 과열되는 분위기.

'확실히 이 NPC 때문에 벌어진 일이기도 해. 그래도 저놈들이 하는 짓은 아닌 것 같아.'

레버튼은 그 속에서 익숙한 탐욕의 눈길들을 감지해 낼 수 있었다. 하지만 무력한 자신이 놈들을 막는 것은 무리였고 더불어 그럴 이유조차 없었다.

그 순간.

[거울성이 공략됐습니다.]

[성과도에 따라 보상이 지급됩니다.]

[귀환 불가 페널티가 풀렸습니다.]

예고도 없이 메세지가 나타나며 희소식이 전해졌다.

"뭐, 뭐야. 공략됐다고? 보스는 어디로 간 건데?"

"젠장. 아무렴 어때. 난 얼른 이 엿 같은 곳에서 빠져나가야겠어."

"잠깐만. 그러면 저 NPC는 어쩌고?"

"몰라. 알아서 뒤지든가 말든가 하겠지. 어차피 저주 상태면 정신계 기술도 통하지 않아."

하나둘씩 플레이어들이 사라져간다. 이유 모를 뜬금없는 공략이었지만 피해를 수습하기 위해 길드원들도 제각기 등을 돌렸다. 그리고 펄션 길드의 간부이던 정혁도 아직 충격에서 헤어 나오지 못한 것인지 포로로 붙잡은 성현을 데리고 씁쓸히 귀환을 택했다.

"어이. 너희들은 안 돌아가?"

"아아, 우린 길드원들이 좀 늦게 도착할 것 같아서. 좀 천천히 내려갈 거야."

"그래? 알겠어."

결국 최상층에 남은 것은 네 명의 쿤다 플레이어들뿐. 나름의 이유를 설명하며 먼저 다른 길드원들까지 돌려보낸 그들은 인기척이 거의 사라지자 본색을 드러냈다.

"대기 중은 무슨. 이년을 놔두고 어딜 가겠어."

"어리긴 하지만 제법 반반해. 우리를 이렇게 만든 죗값도 치르게 해야 하고. 일단 몇 차례 맛보다가 노예 상인에게 비싼 값 받고 팔아버리자고."

곤히 잠들어 있는 아이리스에게로 음침한 눈길이 향했다. 겨우 목숨을 건졌음에도 불구하고 이런 상황에서도 활활 타오르는 욕망.

하지만 그들은 그녀에게 다가가지 못했다.

"머, 멈춰. 다들 뭐하는 짓이야!"

유일하게 그들의 욕망을 알아챈 레버튼이 앞을 막아섰기 때문이었다.

"저 녀석은 영웅 취급받던 쓰레기 방패병이잖아. 너 귀환 안 했었냐?"

"아, 아무리 원한이 있다지만 그래도 어린애라고. 게다가 얘가 우리한테 직접적인 피해를 준 것도 아니잖아!"

"하아. 웃기고 있네. 그깟 NPC를 보살펴 줘서 뭐하게. 책임이 없다고 하지만 거울성이 생긴 원인 중 하나라고. 끝까지 영웅 행세하지 말고 좋은 말로 할 때 비켜."

"그렇게는 못 해. 여기까지 오면서 날 도와준 사람만 두 명씩이나 만났어. 아무짝에도 쓸모없는 나지만 그래도 그 두 명 때문에 깨달은 게 있다고."

"덩치 값도 못 하는 새끼가. 깨닫긴 뭘 깨달아?"

면전에서 대놓고 비웃던 도적 한 명이 단검을 들고 달려들었다.

등급만 해도 자신보다 한 단계 높은 C급 플레이어.

레버튼은 뒤늦게 몸을 부르르 떨며 질끈 눈을 감았다.

"하핫. 뒤져. 병신 새끼…… 억?"

"으, 응?"

흉폭하게 발산되는 어둠의 기운.

그 속에서 튀어나온 한 청년이 도적의 팔을 낚아챘다.

"저, 저 자식은?"

"상훈아!"

"귀에 대고 소리 지르지 마라. 시끄러우니까."

어느 순간부터 자취를 감추었던 용찬이었다.

'어차피 내가 나가게 되도 다시 근원에 의식을 빼앗기는 것은 똑같을 테지. 이렇게 시스템에게 이용만 당하다가 결국 플레이어들에게 죽는 신세가 되는 거야. 절대 그럴 수 없어. 나는 그렇

다 쳐도 아이리스만큼은 죽게 내버려 두지 않아.'

'갑자기 무슨 헛소리를 지껄이는 거냐.'

'절대 있을 수 없는 타 종족 플레이어. 너도 나처럼 시스템에 의해 변형된 새로운 플레이어잖아. 안 그래?'

'……'

'그래서 난 너에게 걸어 보겠어. 우리 단원이 선택했다면 그나마 다른 인간 플레이어들과는 다르겠지. 아, 참고로 이건 부탁 같은 게 아니야. 정확히는 거래지.'

굳은 결의로 맺혀진 불멸자의 눈빛.

근원 속 공간에서의 일이 떠오르자 절로 한숨이 나왔다.

'또 일이 틀어져 버렸군. 속성력에 발이 묶이지만 않았더라면 금방 끝날 문제였는데.'

이번 일의 경우도 헨드릭 프로이스의 영향이 가장 컸다. 용찬은 인상을 구기며 붙잡고 있던 도적의 팔을 꺾어버렸다.

"끄아아아악!"

"저 개×끼가. 뒤져. 이 새……. 꺽!"

급히 달려들던 동료의 목에 창이 꽂힌다.

혼란 상태에서 벗어난 쿨단이 투척한 창이었다.

쿨단은 다시금 정면을 맡으며 자리를 유지했고 나머지 한 명은 전의를 상실했는지 이내 등을 돌렸다.

"끄아아. 사, 살려줘!"

"제, 젠장. 우선 나라도 살고 봐야지!"

결국 놈은 동료를 버리고 귀환을 택했다.

용찬은 홀로 남은 도적의 목을 아예 꺾어버리며 상황을 종결시켰다.

"어, 역시 대단해. 그나저나 너 어디 갔었던 거야?"

"……유태현과 리오스 진영 플레이어들은 어떻게 됐지?"

"아, 맞아. 그러고 보니 그놈. 귀환 불가인데도 불구하고 전투 도중 귀환하더라고. 아무래도 우리가 모르는 특별한 아이템을 쓴 것 같아."

"……강제 귀환을 사용한 건가."

"뭐?"

"됐다."

정식으로 진영에 속해 있는 만큼 히든 피스는 태현이 더 앞설 수밖에 없었다. 용찬은 레버튼을 가볍게 무시하며 잠들어 있는 아이리스를 업었다.

"어, 어. 너 지금 뭐하는 거야. 어디로 데려가려고?"

"후. 짜증 나니까 말 걸지 마라."

"……너 나쁜 짓하려는 건 아니지?"

억눌린 살기가 한껏 느껴지는 눈빛.

순간 섬뜩해진 분위기에 레버튼은 지레 질겁했다.

하지만 그것도 잠시.

'그러고 보니 이 녀석을 어떻게 하지. 죽이는 게 좋을까. 아니면……'

본래라면 목격자 때문에라도 그를 제거하는 게 맞았다.

하지만 용찬은 하나와 채은의 사례를 떠올리며 생각을 달리 했다.

'정보통은 각 진영마다 고루 갖추는 게 좋을지도 몰라. 게다가 이 녀석은 펄션 길드로 추천받은 플레이어. 미래를 생각한다면 이 녀석도 일찍 포섭해 놓는 게 좋겠지.'

두 명의 리미트리스 플레이어로는 정보 및 소식에 한계가 있었다.

"왜 돌아가지 않고 이 NPC를 도운 거지?"

"뭐, 뭐?"

"분명 모른 척하며 귀환할 수도 있었을 텐데. 왜 굳이 이 NPC를 도와줬냐는 말이다. 어찌 보면 거울성의 원인이기도 한 소녀를."

"……걔한테 무슨 죄가 있어. 그냥 저주를 받아서 잠든 것뿐인데. 그리고 너도 날 도와줬잖아. 나도 한 번쯤 이렇게 남을 도와주고 싶었다고. 무, 물론 그게 플레이어가 아니라는 게 문제이긴 하지만."

문득 회귀 이전 기억이 스쳐 지나간다. 비록 그때의 레버튼은 소심한 성격이 아니었지만 매번 선두에서 남을 지키기 위해 자신을 희생하던 모습은 언뜻 지금의 그와 겹쳐져 보였다.

'물어본 내가 바보였군.'

짧게 흘러나온 실소에는 여러 의미가 담겨 있었다. 하지만 그것을 알 리 없는 레버튼은 멍하니 고개만 갸웃 거렸고 이내 그의 앞으로 메신저 창이 떠올랐다.

"이건?"

"정 그렇게 돕고 싶다면 간간이 내게 진영의 정보와 소식을 보내라."

"뭐, 뭐야. 한상훈이 본명이 아니었던 거야? 고용찬이라니. 아니, 그보단 정보를 보내는 것과 그 NPC랑 무슨 상관이 있는 건데?"

"처음에 친구 등록을 원한 것은 너였을 텐데?"

"그, 그렇긴 하지만 너무 갑작스럽잖아. 게다가 너도 쿤다 진영이면서 진영의 정보가 왜 필요한 건데?"

"보스에게 받은 퀘스트 때문이지. 그 때문에 이 아이도 맡게 됐고 말이야."

"아, 설마. 너 보스랑?"

그제야 용찬이 가장 먼저 용병들에게 퀘스트를 받았다는 것이 떠올랐다.

'그래. 어쩐지 갑자기 사라졌다고 했어. 역시 용병 때처럼 보

스에게 퀘스트를 받으러 갔던 게 분명해. 혹시 이 녀석은 내 예상보다 훨씬 더 대단한 놈이 아닐까?'

물론 머더러일 가능성도 있긴 했지만 당장 눈에 보이는 문신은 붉게 보이지 않았다.

비밀이 가득한 플레이어지만 오히려 절호의 기회일 수도 있는 셈.

하지만 그렇다고 해서 당장 확신을 할 수도 없기 때문에 레버튼은 의심부터 하기로 했다.

"어떤 퀘스트길래 정보를 내게 전달받으려고 하는 건데?"

"쯧. 주제에 의심도 많군. 한동안 이 아이를 지키는 일이야. 정보나 소식을 직접 구할 여건도 못 되지. 아마 이 녀석을 지킨답시고 여러모로 바빠질 거다."

"……혹시나 해서 물어보는 건데 너 머더러는 아니지?"

"하. 무언가 착각하고 있나 본데."

잠시 아이리스를 내려놓은 용찬이 살벌한 기세로 다시 입을 열었다.

"이건 부탁이나 협박이 아닌 일종의 거래야. 펄션 길드? 분명 쿤다 진영에서 확실한 영향력을 가진 대형 길드지. 그런 곳에 아무것도 가진 게 없는 D급 플레이어가 끝까지 살아남는다? 불가능해."

"……."

"처음에 다른 길드원들은 간부에게 직접 스카웃받은 널 시기하고 질투하겠지. 그리고 얼마 되지 않아 초라한 능력이 입증되고 온갖 견제를 받으며 심리적 부담감을 떠안게 될 거다. 그때가 되어서 넌 후회하고 또 무력한 자신을 증오하게 되겠지. 그나마 제버스 길드보다 질서가 체계적으로 잘 잡혀 있을 뿐이지 집단이란 곳은 어딜 가든 똑같아."

확실히 거울성에서 나름 활약을 했다곤 하지만 무력한 것은 변함이 없는 사실이었다.

특별한 스킬도 특성도 없는 탱커. 그렇다고 재능이 있는 것도 아니었기 때문에 레버튼은 고개를 떨굴 수밖에 없었다.

"그래서 제안하는 거다. 네가 길드에 적응할 수 있게 정보와 소식을 전달해 줄 때마다 대가를 주마."

"……대가?"

"그래. 네가 더욱 성장할 수 있는 정보들. 설마 내가 운 좋게 퀘스트를 얻었다고 생각하진 않겠지?"

마른 침이 꿀꺽 삼켜진다.

남을 돕는 호의에 앞서 플레이어인 레버튼은 성장력에 대해서도 줄곧 목이 메 있었다.

'맞아. 기껏 해봐야 얻어맞는 역할인 내가 대형 길드에서 쉽게 적응할 리 없잖아. 고용찬. 그렇게 나쁜 놈 같지도 않고. 퀘스트나 히든 피스에 대한 특별한 능력을 가지고 있을 지 몰라. 저 녀

석이 도와만 준다면 나도 그럴듯하게 성장 할 수 있을거야.'

결국 쿨단을 곁눈질 하며 눈치를 보던 그는 고민 끝에 제안. 아니, 거래를 승낙했다.

"그래. 확실히 D급 플레이어 치곤 비정상적으로 강하다고 했어. 할게, 아니, 무조건 하게 해줘!"

"……그래. 그렇게 나왔어야지."

이제야 거래다운 거래가 성립됐다.

놈도 플레이어라면 어쩔 수 없이 성장에 대한 욕심이 있을 터.

"……그리고 이건 내 쓸데없는 오지랖일 수도 있는데 개도 잘 챙겨주라."

물론 끝까지 선의는 버리지 못했지만 나름 만족스럽다고 볼 수 있었다.

그렇게 거울성과 작별한 용찬은 아이리스를 품에 안고 쿨단과 함께 무사히 바쿤으로 귀환했다.

"아, 오셨습니까. 한데, 그 아이는?"

"강제로 떠맡게 된 녀석이다. 알아서 챙겨줘라."

그레고리가 황당하다는 표정으로 침대에 눕혀진 아이리스를 내려다봤다.

'어느 정도 예상은 했겠지만 나는 플레이어이자 NPC인 존재가 됐어. 고로 너에게 퀘스트를 내줄 수도 있단 뜻이지. 아이

리스를 잘 부탁한다.'

결국 근원과 함께 자멸을 택한 김민찬.

수백 년의 고행길 끝에 마침내 인생의 종지부를 찍은 불멸자였지만 하나도 달갑지 않았다.

오히려 용찬은 눈앞의 퀘스트 창을 보며 인상을 구겼다.

[불멸자의 마지막 부탁(일부 완료)]

[등급:C]

[설명:NPC이자 플레이어였던 페레스. 그는 아이리스를 위해 자멸을 택하고 당신에게 남은 짐을 떠맡겼다. 이제부터 당신은 아이리스를 맡아 보호해야 한다.]

[목표:거울성 탈출(완료), 아이리스 보호(진행 중).]

[보상:D급 마력 코어, 강화된 능력치의 돌.]

[실패 시 페널티:불멸자의 A급 저주.]

아마 아이리스가 죽게 될 시 자동으로 A급 저주들이 발동될 것이다. 어쩔 수 없이 마족인 자신이 인간 소녀를 맡아야 하는 상황. 거울성을 공략하기 위해 받아들였다곤 하지만 너무도 어처구니없는 퀘스트였다.

"젠장. 이건 거의 협박 수준이나 다름없군. 이딴 퀘스트를 놓고 거래라니. 퀘스트 보상과 공략 보상을 동시에 손에 넣긴 했지만 난감한……."

"마, 마왕님. 아이가 눈을 떴습니다!"

"……뭐?"

필연적으로 저주에 걸려 있어야 할 NPC. 그리고 회귀 이전과 동일하게 영원히 잠들어 있어야 할 아이리스.

"……여긴 어디야?"

그런데 어떻게 된 것인지 그녀가 자리에서 일어나 두 눈을 깜빡거리고 있었다.

◀ 35장 ▶

르네의 밤

페레스가 소멸된 직후 얼마 되지 않아 거울성이 붕괴되었다. 예상치 못한 보스의 의문사 때문에 일부는 이유를 추측하며 증거를 수집하기도 했지만 대부분 별다른 소득 없이 겉돌기만 했다.

반면 공략에 참여한 대형 길드들은 이번 일을 계기로 리오스 진영에 대한 경계심을 한층 증대시켰다.

"아니, 그러게 왜 그놈 말을 곧이곧대로 따른 거야. A급 불멸자라고 말한 것도 아놀드. 그놈이었잖아. 난이도가 어려울 게 당연한데 B급 랭커들을 뭐하러 빼겠어?"

"이제 와서 따지듯이 묻지 마라. 그러는 너희들도 세 진영이 함께 B급 플레이어들을 돌려보냈을 때 지켜만 봤으면서 아무런 잘못이 없는 듯 행동하는군?"

"처음부터 수상했어. 미리 계획된 일이거나 혹은 유태현의 돌발적인 행동이었겠지. 근데 도대체 어떤 방법으로 다른 계열의 스킬들을 피하고 B급 플레이어들을 소환한 걸까?"

전혀 새로운 방식의 소환과 강제 탈출 아이템. 후자 같은 경우 뒤늦게 상위 랭커들의 필수품으로 밝혀지면서 하위 플레이어들에 입에 오르락내리락거렸지만, 휴먼 메트로에 이어 두 번째로 드러난 태현의 무위는 파장이 더욱 커졌다.

하지만 그런 것과 관련 없이 타이탄 길드는 진영 내에서 큰 곤혹에 빠졌고, 아놀드는 이 상황을 수습하기 위해 고대 유적지의 중요성을 철저히 부각시켰다. 그리고 수많은 피해자를 낳은 태현에게 보복하기 위해 대형 길드들이 진영과 근접한 중립 지역. 리오스 전용 던전 및 미션으로 침투를 시작하며 관계는 더욱 악화되었고 끝내 악몽의 탑 내에서까지 견제를 벌이며 치열한 경쟁을 여실히 드러냈다.

"그러고 보니 그놈들 파이칸 고대 유적지로 향한다고 했었지."

"이렇게 악몽의 탑만 쳐들어갈 게 아니라 아예 놈들 지역으로 깊숙이 들어가자고."

"공략 예정일이 언제라고 했지? 두고 봐. 우리 길드원들의 복수를 해주겠어!"

서서히 파이칸 고대 유적지로 쏠리는 관심. 그런 가운데 북부의 체이서 집단도 마침내 목적지를 선포했다.

"게헤헤헤. 잠입한 놈들에게서 대충 정보도 왔고. 드디어 움직일 시간이다. 개 같은 새끼들아!"

"다인 진영의 한상훈을 못 찾은 것은 아쉽지만 그래도 이건 기회예요. 이렇게 세력 간의 갈등이 빚어진 순간을 노린다면 충분히 고대 유적지의 유물들을 가로챌 수 있을 거예요. 겸사겸사 신규 루키인 유태현도 손봐주고 말이죠."

"그래, 그래. 똘똘하기로 소문난 백련의 말인데 어련하겠어. 게헤헤헤!"

다시금 하멜이 커다란 폭풍우 앞에 휘청거리고 있었다.

[레버튼:이, 이렇게 보내면 되는건가. 아무튼 펄션 길드에 정식으로 들어왔어. 네 말대로 눈치를 보게 되는 것도 있지만 분위기가 안 좋아. 아무래도 파이칸 고대 유적지를 노리는 것 같은데 설마 나도 끼진 않겠지?]

정혁의 추천을 받아 펄션의 길드원이 된 레버튼. 달콤한 제안에 홀라당 넘어가 지금처럼 소식을 퍼다 나르고 있었지만 대형 길드의 복수는 어느 정도 예상하고 있던 바다.

오히려 문제라면 한동안 신경 쓰지 못한 서열전일 것이다.

[다중 캐스팅이 발동됩니다.]

[죽음의 별무리가 발동됩니다.]

마치 유성우처럼 쏟아지기 시작한 마력탄들. 하나하나 D급에 달하는 위력을 가지고 있어 매우 위협적이었다.

"아하하하. 헨드릭 프로이스. 네 잘난 행보도 여기까지다. 얼른 내게 50위 자리를 내놔!"

"자리만 비우면 이렇게 날파리들이 득실거린단 말이야."

"뭐?"

용찬의 손끝으로 시퍼런 아지랑이가 잡힌다. 비록 마권의 스킬 등급은 D급이었지만 더 이상 50위대 마왕들은 자신의 상대가 되지 못했다.

-마력! 마력! 먹어! 먹어!

"아, 아니? 내 마력들이 흡수되고 있어?"

사방으로 날뛰기 시작한 검은 뇌전. 이전보다 한층 더 포악해진 놈들은 주변에 마력들을 있는 대로 집어삼키며 감염되듯 퍼져갔다. 그리고 아예 스킬을 흡수한 뒤 주인의 품으로 돌아와 온순한 개처럼 애교를 부리기 시작했다.

-칭찬해 줘. 칭찬!

"다물어."

-칭찬!

아직 제어가 안 되기 때문인지 말도 더럽게 안 듣는다. 근원의 일부를 흡수하며 위력이 상승됐다지만 제멋대로인 성질은 여전히 독이었다. 때문에 용찬은 어둠의 속성력을 무시하며 53위 마왕 란스테 아노벨린에게로 달려들었다.

"죽기 직전까지 후려 패주마."

"자, 잠깐! 생각해 보니까 내가 약간 실수를 한 것 같아."

"실수?"

"그래. 실수. 다신 안 건드릴 테니까 한 번만 용서해 줘. 깔끔히 기권할 테니까!"

"하, 실수 좋지. 언제든 변명할 수 있는 정말 간편한 단어야."

"가, 갑자기 왜 그…… 쿠엑!"

필드 전체로 울려 퍼지는 처절한 비명 소리. 근처에서 부대를 지휘하고 있던 헥토르와 워르겐은 절로 몸을 떨었다.

"페펭. 전에 플레이어 지역에 갔다 오더니 더욱 살벌해지신 것 같군."

"어쩐지 저쪽 마왕이 불쌍해 보여요."

마치 화풀이를 하듯 마왕을 때려눕힌 채 찰지게 구타를 하고 있는 용찬이었다. 그 모습에 오크들을 데리고 다니던 록시조차 잠시 몸을 움찔거리는 상황.

'아니야. 떠올리지 마. 이미 다 지나간 일이야.'

초창기 교육 때의 기억들은 아직까지 트라우마로 남아 그녀를 괴롭히고 있었다.

그렇게 용찬은 거울성에서 받은 스트레스를 모두 풀 때까지 구타를 멈추지 않았고, 뒤늦게 란스테가 기절하고 나서야 서열전은 종료가 됐다.

[플레이어 명:고용찬]

[등급:C]

[종족:마족]

[직업:무투가]

[특성:6]

[스킬:15]

[칭호:바쿤의 마왕]

[권능:뇌전]

[힘:31][내구:24][민첩:27][체력:24]

[마력:30][신성력:0][행운:18][친화력:55]

'최근에 뇌신수와 어둠의 근원을 거쳐서 그런지 친화력만 더럽게 높아졌군.'

가까스로 균형을 맞춰놓은 능력치가 다시금 기울기 시작했다. 그나마 다행인 것은 어둠의 속성력을 계기로 등급이 상승했다는 것.

[어둠의 눈]

[어둠의 쇠사슬]

덕분에 속성 관련 스킬 및 특성도 추가 되었지만 어둠의 눈은 말 그대로 어둠 속에서 시야 확보, 어둠의 쇠사슬은 민찬이 사용했던 것처럼 속박 효과였기에 다소 아쉬움은 남았다.

'하아. 이제 대충 서열전은 정리된 건가. 일단 다시 서열을 끌어올리며 밀림이 개척될 때까지 전력을 상승시켜 놔야겠어.'

파이칸 고대 유적지로 진입하는 가장 간편한 방법은 그들이 미리 개척해놓은 경로를 통해 잠입하는 것. 그때까진 리오스 진영의 움직임을 주시하며 마계에 집중해야만 했다.

"그러면 거울성에서 얻은 것부터 정렬해 볼까."

이미 서열전을 끝내고 병사들과 함께 바쿤으로 돌아온 상태다. 때문에 용찬은 편안히 방 안에서 인벤토리를 점검할 수 있었다.

[D급 마력 코어]

[강화된 능력치의 돌]

[필리모터]

[페레스의 망토]

[푸른 갈퀴 용병단의 반지]

'D급 마력 코어는 마녀에게 던져주면 될 것 같고. 강화된 능력치의 돌은 지금 복용하는 게 나으려나.'

모든 능력치를 1에서 4까지 랜덤으로 올려주는 레어급 능력치 스톤. 물론 마족이기 때문에 신성력은 예외였지만 고민은 그리 오래 걸리지 않았다.

[강화된 능력치의 돌을 사용했습니다.]

[신성력을 제외한 모든 능력치가 상승했습니다.]

[힘:32][내구:26][민첩:30][체력:26]

[마력:31][신성력:0][행운:20][친화력:57]

'그래도 어느 정도 괜찮게 나왔군. 민첩이 30까지 올라서 다행이야.'

모든 움직임의 근본이 되는 민첩 능력치였기에 용찬은 나름 만족스러웠다.

그다음은 필리모터와 페레스의 망토. 거울성 공략의 보상으로 받은 장비들은 각각 뛰어난 효과를 가지고 있었다.

'필리모터는 스킬 관통력을 올려주는 레어급 벨트. 그리고 페레스의 망토는 가장 필요했던 상태 이상 저항력의 레어급 장비. 만약 이걸 그놈에게 뺏겼다면 두고두고 후회했겠지.'

근접 계열 플레이어들에게 있어 이 두 가지는 최고의 효과나 다름없었다. 용찬은 망설일 것도 없이 벨트와 망토를 착용했다. 그리고 남아 있던 용병단의 반지까지 손가락에 끼우며 정리를 마무리했다.

[등급:C]

"역시 이 정도로는 어림도 없다 이건가."

현존하는 B급 플레이어들도 수십 개의 스킬, 특성. 그리고 레어급 이상에 달하는 장비들을 통해 등급을 유지시켜 왔다. 때문에 용찬도 빠르게 아쉬움을 털어내며 수행 과제 창과 마왕성 정보를 살폈다.

"……우선 병사들과 마왕성의 등급부터 C급으로 올려야겠는데."

끼이이익!

마침 제때 맞춰서 열리는 방문. 순간 그레고리인 줄 알고 착각하던 용찬은 익숙하게 지시부터 내리려 했다.

"마침 잘 왔어. 안 그래도…… 넌 뭐냐."

"뭐냐니. 처음 보는 사이도 아니고 섭섭하구나."

하지만 안타깝게도 방으로 들어온 자의 정체는 다름 아닌 붉은 마녀였다. 그것도 무척 불쾌한 복장으로 말이다. 용찬은 사신 아카데미에서 보던 교복 차림의 아리샤를 보며 인상을 구겼다.

"냐하하하. 루시엔의 옷을 내 체형에 맞게 줄여봤지. 자. 어떻느냐!"

"……하아. 어이가 없군."

"뭐냐. 그 시큰둥한 반응은. 에잉. 재미없는 놈!"

"마녀란 놈이 어지간히도 할 짓이 없나 보군. 옜다. 이거나 가지고 놀아라."

"호오. 이것은?"

이번에 얻은 D급 마력 코어를 던져주자 금세 시선이 그쪽으로 쏠렸다. 마법 분야로 풍부한 지식을 가지고 있는 마녀들. 아리샤도 예외는 아닌 것인지 새로운 마력 코어에 흥미를 가지고 있었다.

"그나저나 잘도 마력 코어를 주워오는구나. 현재 모은 마력석도 꽤 될 것 같은데 말이다."

"운이 좋았다고 할 수 있지."

“……그런 것치고는 생각치도 못한 것까지 주워왔던데.”

순간 복도를 쌩하니 지나가는 두 명.

“거, 거기 멈추십시오. 아이리스 님!”

“와하하하. 아직 멀었다고. 구경할 것 천지잖아!”

이리저리 바쿤 내부를 뛰어다니는 아이리스와 그녀를 쫓고 있는 그레고리였다. 그 광경에 용찬은 한숨만 푹푹 내쉬었고 아리샤는 진지해진 얼굴로 물었다.

“또 플레이어들의 지역에 갔다 온 게지?”

“네가 상관할 바가 아닐 텐데.”

“쯔쯧. 그럴수록 영혼의 영향이 심해질 게야. 그건 네놈이 더 잘 알고 있지 않느냐. 또 저번처럼 이상 현상을 겪게 되면 그땐 되돌릴 수도 없을 게다.”

“……”

문득 인벤토리에 남겨져 있는 친모의 유품이 떠올랐다.

확실히 헨드릭 프로이스의 영향만 아니었다면 여러 가지 문제도 발생하지 않았을 것이다.

‘거울성 때만 해도 어둠의 속성력 때문에 근원과 충돌하기도 했었지. 그것 때문에 저 NPC를 맡게 된 것이기도 하고 말야. 내가 너무 안일했어.’

푸른 마녀에 대한 정보가 시급하다.

하지만 그전에 먼저 처리할 일들은 산더미처럼 쌓여 있었고 아직 회수 못 한 히든 피스도 잔뜩 남아 있었다.

유태현, 푸른 마녀, 마왕, 시스템 목표, 영혼, 가문 등등.

풀리지 않은 비밀들과 해결해야 할 문제들을 생각해 봤을 때 앞으로 좀 더 속도를 높일 필요가 있었다.

'그나저나 저주에 걸려 있던 NPC가 갑자기 왜 깨어난 거지. 설마 내가 받은 퀘스트와 관련이 있는 건가.'

갑작스러운 이변으로 인해 더욱 복잡해진 아이리스 보호 퀘스트. 결국 그레고리는 그녀를 잡지 못한 것인지 허망한 표정을 지으며 이내 방 안으로 들어왔다.

"헉. 허억. 죄송합니다. 마왕님. 저 혼자만으로는 감당이 되지 않는군요. 최대한 빠른 시일 내에 다른 방법을 강구해 보도록 하겠습니다."

"……고생이 많군."

"괜찮습니다. 그나저나 악몽의 탑 게이트 개설이 슬슬 완료될 것 같습니다. 직접 확인해 보시겠습니까?"

"아니. 그건 나중에 하지. 마왕성도 마왕성이지만 우선 준비부터 해야겠어."

"준비라 함은? 아, 그렇군요. 벌써 그 시기였군요."

서서히 머릿속으로 떠오르는 헨드릭의 고유 기억. 자연스레 귓가로 익숙한 비웃음 소리가 환각처럼 들려왔다.

"그래. 유일하게 모든 서열대 마왕들이 한자리에 모이는 시기."

"……호오?"

용찬의 입가가 비틀리다 못해 광기로 가득 젖어 들었다.

"르네의 밤이 얼마 남지 않았으니까."

르네. 마계 최초로 대통합을 이루어 인간들과 전쟁을 선포한 마왕. 여성의 몸으로 서열 1위에 도달한 르네는 수백 년이 흘러서도 칭송받는 존재가 되었고, 지금은 그녀를 기리기 위해 1년에 한 번뿐인 모임을 르네의 밤이라고 지정하며 마왕들을 한자리에 불러 모았다.

그리고 현 마왕들의 두 번째 르네의 밤.

"벌써 2년째가 다 되어가는군. 비스커빌 해의 마지막 모임이 되겠어. 그래서 개최 예정지는?"

"최근 미첼과 바이칼의 국경선 쪽에서 몇 차례 충돌이 벌어진 듯합니다. 그러다 보니 상부에서도 코르덴과 골프레스 사이에서 고민하는 것 같더군요. 아무래도 조만간 위원회 내에서 투표가 이루어질 것 같습니다."

"결국 샤들리 가문이 참지 못하고 먼저 이빨을 드러낸 건가. 마왕성 바쿤이 계속 최하위권 서열이었더라면 그나마 승산이 있었겠지만 그것조차 헨드릭 프로이스의 반전 때문에 불가능하게 됐지. 두 가문의 충돌이 어떤 결과를 낳을지는 좀 더 두고 봐야겠어."

슬슬 모임의 시기가 다가오자 마계 위원회도 다시금 바빠지기 시작했다.

자리에 앉아 있던 본부장 레펜은 보고서를 내려놓고 헨드릭을 떠올렸다.

'1년 전만 해도 망나니 취급받던 애송이가 이렇게 급격히 성장할 줄이야. 과연 본인은 알고 있을까. 자신의 반전으로 인해 각 가문들에게 큰 영향을 주고 있다는 것을?

혹시 모른다. 미리 가문의 지시를 받아 그동안 쭉 연기를 해온 것일지도. 오직 펠드릭이 샤들리 가문에 집중할 수 있는 이 시기를 위해서 말이다.

'아니, 아니지. 연기를 한 것치곤 가문의 지원이 영 시원찮아. 처음부터 계획한 거였다면 지금쯤 풍족한 지원을 통해 마왕성을 단숨에 성장시켰겠지. 그렇다면 역시 헨드릭이 혼자서 여기까지 끌어올렸다는 건가.'

그다지 믿기지는 않았지만, 그것 외에는 설명할 방법이 없었다. 게다가 평가전을 통해 모든 마족 앞에서 자신의 무위를 드러낸 적이 있지 않은가.

최근 플레이어 아이템 및 장비를 수집한다는 정보 등으로 추측해 봤을 때 헨드릭의 성장력엔 크나큰 비밀이 숨겨져 있는 것이 분명했다. 순간 이전 르네의 밤이 떠오른 레펜은 입가를 쭉 찢으며 자리에서 일어났다.

"이번 르네의 밤은 좀 기대해 볼 만하겠어. 위원들을 소집해. 앞으로 한동안 바빠질 테니 긴장하고 있으라고."

"알겠습니다."

전대 마왕들의 유지를 이어받은 현 세대 마왕들. 그리고 한 명의 마왕이 불러일으킨 물결은 이번 르네의 밤에 대한 기대감을 더욱 끌어내고 있었다.

[르네의 밤 초대장]

공식적으로 마계 위원회에서 르네의 밤 일정을 발표했다. 아직 개최지는 선정되지 않았지만, 초대장은 미리 마왕성으로 배포한 모양이다.

"저희 바쿤뿐만 아니라 다른 마왕성들도 초대장을 받은 모양이더군요. 가문에선 마왕님의 의견을 기다리고 있는 듯합니다."

"이전 르네의 밤 때문에 한층 조심스럽게 행동하는 건가."

"물론 원로분들의 입장은 전부 다른 듯합니다만. 아무래도 가주님의 입김이 작용한 듯합니다."

즉, 모임에 참여할지 거부할지 직접 정하라는 뜻이었다.

'이런 중대한 문제까지 내게 맡겨 버리다니. 최근 가문의 일

때문에 바쁘다고 하더니 진짜였나 보군.'

사실상 고민할 것도 없었다. 용찬은 손에 쥐고 있던 초대장을 인벤토리에 집어넣으며 의사를 밝혔다.

"더 생각할 필요도 없지. 참여한다."

"알겠습니다. 그러면 즉시 가문 측에 통신을 해두도록 하겠습니다."

보고를 마친 그레고리가 정중히 방을 나갔다.

다시 정적이 찾아온 방 안.

'꼴에 마왕이라고 르네의 밤에 참여했나 본데?'

'하아. 수준 떨어지게 저게 뭐람. 요즘 마족들에게도 무시받는다고 하더니 어떻게 호위 병사들도 없이 왔지?'

'저런 망나니가 우리와 같은 마왕이라니. 프로이스 가문만 아니었으면 진작 골로 보냈을 텐데.'

갑자기 헨드릭의 고유 기억이 떠올라 불쾌한 기분이 물씬 올라왔다.

르네의 밤에서 대놓고 무시받던 망나니 마왕. 마치 트라우마처럼 비웃음거리가 된 그의 모습이 스쳐 지나갔다.

그리고.

지지지직!

다시금 노이즈 현상처럼 두통이 밀려왔다.

'한심한 놈. 네놈 때문에 상황이 더욱 악화되었어. 바쿤만 온전히 유지했더라면…… 젠장. 이렇게 된 이상 억지로라도 르네의 밤에 나가라. 더 이상 당할 망신거리도 없을 테니 가문의 입장이라도 좀 생각하란 말이다!'

익숙한 목소리가 들려온다. 하지만 크게 호통치는 그의 모습은 고유 기억 속에서도 존재하지 않았다.

'아니야. 이번에도 전혀 모르는 기억이야.'

용찬의 눈앞에 나타난 동기화율 메시지를 보며 이전에 겪은 현상과 동일하다는 것을 알아챘다.

이것도 영혼의 영향 때문인 것일까.

문득 아리샤의 경고가 떠올랐지만, 문제는 지금 떠오르는 기억이 헨드릭의 고유 기억이 아니란 것이었다.

"역시 예언자의 마녀를 빨리 만나야……."

"어디 아픈 거야?"

알싸한 고통에 머리를 움켜쥐던 차, 불청객이 찾아왔다.

백색 긴 머릿결의 소녀. 불쑥 방 안으로 찾아온 아이리스는 걱정스러운 표정으로 주위를 기웃거렸다.

'그레고리가 또 놓쳐 버린 건가. 정말 귀찮기 짝이 없군.'

문득 퀘스트를 건넸던 민찬이 떠올랐다.

'솔직히 말해서 너 같은 놈에게 아이리스를 맡기고 싶지 않았지만 나도 어쩔 수 없는 처지라서 말야. 불멸이라고 해봤자 언제고 소멸될 몸이야. 다른 종족을 가진 플레이어라면 분명 너도 나처럼 특별한 존재로 취급받고 있는 거겠지. 다른 것은 안 바랄 테니 그냥 아이리스만 잘 지켜줘. 그리고 마지막으로 충고하는 건데, 절대 시스템을 믿지 마.'

의미심장한 말과 함께 아이리스를 부탁한 거울성의 보스.

만약 강제 퀘스트가 아니었더라면 그녀가 정신을 차리든 말든 진작 떨쳐냈을 것이다.

'시스템을 믿지 말라고? 그런 말을 해봤자 이미 늦었다고.'

순진한 얼굴로 두 눈을 깜빡이는 아이리스.

그리고 그녀 머리 위에 떠오른 상태창.

[아이리스]

[등급:F]

[상태:순수, 기억 상실]

갑자기 저주가 풀렸다는 것도 문제였지만 기억을 잃었다는 게 더욱 큰 문제였다. 용찬은 도저히 풀리지 않는 의문에 피로를 느끼며 손을 휘휘 저었다.

"네가 상관할 바 아니야. 저리 꺼져."

"우씨. 남이 걱정해 주는데!"

"쯧. 도대체 기억하고 있는 게 뭐냐. 네 이름은 똑바로 알고 있는 거냐?"

"당연하잖아. 난 아이리스고. 넌 헨드릭. 그리고…… 어라?"

예상했던 대로 그녀가 기억하고 있는 것은 극히 일부였다. 기억 상실 때문에 기본적인 정보 및 습관을 제외하곤 모조리 잊혀진 것이다. 그러다 보니 지금도 눈앞에 있는 자신이 마족이란 것을 감쪽같이 모르고 있는 상태였다.

"미리 말하지만 여긴 마계다. 너 같은 인간이 살아갈 수 있는 환경이 아니지. 어쩔 수 없는 사정으로 널 돌보게 됐지만 다른 마족들은 그게 아닐 거다."

"흐엑. 마, 마족? 너 마족이었어?"

"그렇다면 내가 무엇으로 보이지?"

"으음. 다른 사람들은 몰라도 헨드릭은 인간인 줄 알았는데. 아니었구나. 뭐, 상관없겠지. 히히."

"……"

가볍게 경고를 주려 했지만, 시도도 하기 전에 막혔다. 과연 그녀는 자신이 이곳에 있다는 게 얼마나 큰 문제인지는 알고나 있을까. 도저히 감당이 되지 않는 순진무구한 성격에 벌써부터 골이 아파 왔다.

'자신이 기존에 누구였는지, 왜 이곳에 있는지, 어떤 기억들을 가지고 살아왔는지 전부 지워진 것 같은데. 어쩔 수 없이 한동안은 지켜볼 수밖에 없는 건가.'

점점 그레고리의 업무가 늘어나는 기분이 들었다.

"네가 왜 이곳에 있는지 궁금하지도 않은 거냐?"

"……그게 나도 잘 모르겠어. 단순히 헨드릭이 날 여기로 데려와 준 것만 기억나."

"쿵. 골치 아프군."

"그나저나 여기가 마계라면 내가 살던 곳이랑은 많이 다르지? 나 좀 더 자세히 알고 싶어. 설명해 주라. 응?"

과도한 호기심은 독이 된다. 하지만 그걸 모르는 아이리스는 눈을 반짝이며 얼굴을 들이밀 뿐이었다.

"젠장. 정 묻고 싶으면 그레고리에게 물어."

"에에. 그 아저씨는 너무 재미없는걸!"

"내 알 바 아니지. 아무튼 난 바쁘니까 따라오지 마라."

매몰찬 반응으로 곧장 방을 나가는 용찬.

"우우. 너무해."

홀로 남겨진 아이리스는 볼을 부풀리며 섭섭한 감정을 드러냈다. 그리고 얼마 되지 않아 고개를 두리번거리며 복도로 살금살금 걸어나갔다.

"헤헷. 그래도 마왕성을 돌아다니는 것은 괜찮겠지? 아직 못 둘러본 곳도 많으니까."

본격적인 탐험이 시작되고 있었다.

한편, 최상층에서 빠져나온 용찬은 곧장 1층에 있던 아리샤를 찾아갔다.

"결국 그 아이는 떨쳐놓고 온 게냐?"

"쯧. 그 얘기는 그만하지. 일단 속성력이 먼저다."

볼버의 흑수를 통해 다루게 된 어둠의 속성력. 속성들 중 가장 거친 성질로서 쉽게 제어하지 못한다는 단점이 있었지만, 헨드릭의 재능과 맞물려 각성한 지금은 더욱 명령을 듣지 않고 있었다. 게다가 민찬과 싸우던 당시 자아를 가진 것처럼 대화를 했던 기억까지.

근원의 일부를 흡수한 것까지 고려해 봤을 때 가장 먼저 해결할 부분은 어둠의 속성력이었다.

"호오. 확실히 어둠의 속성력이 많이 상승했어. 도대체 어디를 갔다 온 게냐."

"이곳저곳. 그래서 그냥 많이 상승한 수준인가?"

"아니, 그건 아니지. 네놈의 재능 덕분에 상상 이상의 것을 얻었지만 몸이 버티질 못하고 있어. 너도 알다시피 마족이 가질 수 있는 권능은 하나.”

묘하게 날카로워지는 그녀의 눈빛.

본인의 능력으로 현재 상태를 꿰뚫어 본 것인지 표정이 심각해졌다.

“하고 싶은 말이 뭐지?”

“원래라면 어둠의 속성력도 권능으로 각성했어야 됐어. 하지만 실제로 마족이 권능을 두 개를 가진다는 것은 불가능하지. 당장 어둠의 속성력은 거의 포화 직전 상태야. 속성력이나 마력을 더욱 끌어올리지 않으면 결국 버티지 못하고 자멸할 테지. 물론, 장비나 아이템으로 대비를 하는 것도 하나의 방법이겠지만 당장 그 방법도 시원찮게 보이는구나.”

“……다른 방법은 없는 거냐?”

“흐으음. 한 가지 방법이 있긴 하지. 마족의 몸으로 가능한지는 모르겠지만 말이다.”

잠시 고민하던 아리샤가 손바닥 위로 물방울을 만들어냈다.

그리고 그 속에서 모습을 드러내는 요정의 자태.

‘정령이군. 그것도 최하급 물의 정령.’

일찍이 정령사를 숱하게 봐왔던 용찬은 요정의 정체가 물의 정령이란 것을 단박에 알아챘다.

“호오. 정령을 많이 본 눈치로구나.”

“어쩌다 보니.”

"그것참 흥미롭구나. 여튼 답은 정령일 게다. 아예 속성력을 다른 쪽으로 돌려 버리면 문제도 쉽게 해결되지."

주변을 얼쩡거리던 물의 정령이 얼마 되지 않아 역소환당했다.

아리샤는 길게 하품을 하며 어깨를 축 늘어트렸다.

"나이가 나이여서 그런지 쉽게 피곤해지는구만. 혹시 정령술에 대해 배우고 싶다면 언제든 찾아 오거라. 기초는 어느 정도 알려줄 테니 말이다."

"마족의 몸으로 가능한지 모른다고 하지 않았었나?"

"네놈은 특별하니까 가능할지도 모르지. 아무튼 난 이만 돌아가 보마."

그 말을 끝으로 그녀는 은둔자의 숲으로 되돌아갔다.

'정령술이라.'

갈피가 잡힐 것 같으면서도 애매한 문제다.

그러던 차, 최근 특성 부여권을 통해 얻은 특성이 생각났다.

[정령 친화력]

'당장 희망을 걸어볼 수 있는 건 이것뿐인가. 우선 마족의 몸으로 정령과 계약하는 것은 거의 불확실한 일이니 따로 대비를 갖춰놔야겠어.'

속성력에 대한 몇 가지 히든 피스가 떠오르긴 했다. 하지만 마왕성에 집중할 시기인 것을 생각해 용찬은 우선적으로 수행 과제를 처리해 갔다.

그리고 며칠이 지나지 않아 마왕성으로 들이닥친 몬스터들로 인해 다시금 현재 전력의 상태가 파악되어 갔다.

-취이이익!

-취익. 파이어 볼!

-취익. 아이스 랜스!

가장 먼저, 속성계 마법을 터득하기 시작한 브론즈 부대.

슬슬 록시의 등급도 C급을 앞두고 있는 가운데 오크들이 시전하는 마법은 더욱 발전해 가고 있었다.

'상점 페널티가 있는 만큼 상단을 통해 마법 스킬북들을 구해도 괜찮을 것 같군.'

오크들도 오크지만 록시에게 새로운 마법 및 장비를 선사하는 것이 가장 급선무였다. 화면을 통해 침입 저지 과정을 보고 있던 용찬은 4층으로 진입한 놀 떼를 보며 바쿤의 특성을 발동시켰다.

-깨겡?

마치 고무처럼 늘어지기 시작한 복도의 바닥. 탄력 특성으로 인해 통통 뛰어다니게 된 놀들이었다.

'이 특성도 잘만 사용하면 활용성이 더욱 늘어날 텐데.'

점차 마무리되어 가는 몬스터들을 보자 아쉬움이 배로 늘어갔다.

'일단 르네의 밤에 갔다 와서 다시 마왕성을 점검해 봐야겠어.'

전력 보강 및 마왕성 등급 상승. 함정 및 보호 수단에도 신경을 써야 하는 만큼 작은 것 하나라도 놓치면 안 됐다.

"로드멜. 루시엔의 상태는 어떻지?"

-내일이나 모레쯤이면 완쾌하실 수 있을 것 같습니다.

슬슬 루시엔의 부상도 거의 치유가 끝나갔다. 마왕성을 대표하는 주력 용병인 만큼 한동안은 계속 신경 써야 할 것이다.

'그러고 보니 요새 다른 병사들을 신경 쓰지 못했군. 그레고리에게 좀 더 보고 영역을 넓히도록 지시해 놔야겠어.'

바닥에 떨어진 아이템을 주우며 즐거워하고 있는 칸과 켄.

화면을 통해 그들을 보던 용찬은 복잡해진 머릿속을 정리하며 자리에서 일어났다.

그 순간.

"마왕님. 드디어 르네의 밤 개최지가 정해졌습니다!"

그레고리가 헐레벌떡 뛰어오며 기다리고 있던 소식을 전해왔다.

"빌어먹을 마족 놈들. 우리가 이제 이런 것까지 도맡아야 하다니. 지지리 복도 없지. 왜 하필 코르덴으로 개최지가 결정되어서."

어색한 정장을 갖춘 수인이 불만 가득한 표정으로 구시렁거렸다.

1년에 한 번 개최되는 르네의 밤. 마계의 다른 강국들도 많은 와중에 하필이면 수인 연합 코르덴이 이번 개최지로 선정됐다. 때문에 일부 지역을 대표하는 놀들의 왕 코핀은 자연스레 바빠질 수밖에 없었다.

"어쩔 수 있나. 엉덩이가 그리도 무거운 마계 위원회 양반들이 결정한 건데. 가장 세력이 약한 우리들은 그저 따를 수밖에."

"그래서 더 마음에 안 드는 거라고. 우리를 얕보는 것도 어느 정도지."

"시끄럽고 넌 입구를 맡았으니 다른 수인들 데리고 초청된 마왕들이나 잘 모셔. 또 저번처럼 욱해서 사고 터트리지 말고."

서큐버스의 퀸이라 불리는 베이라가 엄하게 주의를 주고 떠났다.

"칫. 마왕만 아니었더라면 진작 때려눕혔을 텐데."

예전부터 코핀은 마족들이 마음에 들지 않았다.

수인을 노예 취급하는 것은 물론 천대하는 시선까지.

만약 해방 운동이 펼쳐지지 않았더라면 이렇게 수인 연합 코르덴도 생기지 않았을 것이다.

"기운 차리십시오. 코핀 님. 마왕들도 몇 놈을 제외하곤 코핀 님을 따라올 놈이 거의 없지 않습니까. 그저 마계 위원회 때문에 참고 있는 거죠. 안 그렇습니까?"

"당연하지. A급에 달하는 이 몸이 그깟 마왕 놈들에게 당할 쏘냐."

"그러니까 얌전히 입구나 지키도록 하죠."

"……너는 대체 누구 편이냐."

"당연히 코핀 님 편 아니겠습니까. 헤헤헤."

직속 후임이라고 하는 놈도 이리 꼬리를 흔들며 자신의 눈치를 살핀다. 몇 차례 마족을 때려눕힌 전과가 있던 코핀은 결국 한숨을 내쉬며 제미스와 같이 저택의 입구로 향했다. 그리고 얼마 되지 않아 몰려오는 마차들의 행렬을 보며 차례대로 입장 수속을 밟기 시작했다.

"소르덴 가문의 네어피스 님이시다."

"버킨 가문의 켄드로 님이십니다."

"란드로스 가문의 제리엠 님이시다. 어서 문을 열도록 해라."

주인을 대신해 초대장을 건네는 호위 병사 및 집사들. 이번 르네의 밤은 참여 의사를 밝힌 마왕들이 꽤 많은 것인지 마차가 끊이질 않고 몰려왔다.

"굳이 직접 내 입으로 서열을 설명해야 되나. 이런 정보쯤은 기본 중의 기본일 텐데?"

그런 과정 속에서 간간이 속을 들끓게 만드는 마족들이 있었지만 코핀은 최대한 인내심을 발휘했다.

"……으드득. 제가 그런 쪽으로는 무지해서 잘 모릅니다."

"하아. 어쩔 수 없지. 서열 31위다. 기억하고 있어라."

"가, 감사합니다."

얼마나 어금니를 꽉 깨문 것일까. 입속으로 진한 쇠 맛이 느껴졌지만 코핀은 참고 또 참았다. 그리고 얼추 40여 명의 마왕을 맞이하고 나서야 약간의 휴식 시간이 찾아왔다.

"젠장. 연초 한 대 줘봐."

"방금 전에도 빼어서 피셨잖아요."

"에잇. 이리 내놔!"

벌써 연초 수십 개비는 뺏긴 제미스가 눈물을 머금고 또 한 개비를 건넸다. 코핀은 급히 연초에 불을 붙이며 몇 시간 동안 쌓인 스트레스를 입안의 연기와 함께 풀어갔다.

"하. 이제야 좀 살 것 같네. 병신 같은 마족 놈들. 다 죽여 버릴 수도 없고!"

"엇. 코핀 님. 마왕이 또 한 명 오는 것 같습니다."

"대충 네가 알아서 처리해."

"근데 약간 좀 이상한데요? 가문의 마차도 없이 단신으로 걸어오는 것 같은데……."

갈색 삿갓을 쓴 채로 유유히 걸어오는 한 남자. 복장부터 범상치 않은 마왕의 등장에 연초를 피우고 있던 코핀의 인상이 구겨졌다.

"……이런. 상위권 서열의 마왕인 건가."

"예? 그리 강해 보이진 않는데."

"됐고, 저리 비켜."

온몸의 털이 쭈뼛 솟아오르는 것만 해도 알 수 있었다.

삿갓을 쓴 마족이 자신과 동등하거나 혹은 그 이상의 강자라는 것을. 때문에 코핀은 아까와는 다른 태도로 정중히 고개를 숙여 그를 맞이했다.

"르네의 밤에 오신 것을 환영합니다. 감히 여쭙고자 하는데 어디 가문의 마왕님이십니까?"

"……샤들리 가문의 로저스."

"초, 초대장을 확인했습니다. 즉시 들어가시죠. 안에서 따로 수인이 안내해 드릴 것입니다."

"고맙군."

뒤늦게 방울 소리가 울리며 로저스가 저택 안으로 사라졌다. 그제야 코핀은 안도의 한숨을 내쉬며 긴장을 놓았다.

"도대체 누구길래 그렇게 정중히 대하시는 겁니까?'

"샤들리 가문의 마왕."

"네, 네에? 침묵의 마왕이라 불리는 로저스 말입니까?"

"그래. 후우. 십 년 감수했네. 자칫 잘못했으면 뼈도 못 추렸을 거다."

"하, 하긴 한 명의 목격자도 없이 피폭풍을 불러일으킨다는 마왕이니까 그럴 수밖에 없겠네요."

최상위 마족이자 A급에 달하는 등급. 심지어 가문까지 마계 내에서 다섯 손가락에 안착하고 있으니 한층 더 조심스럽게 행동할 수밖에 없었다.

"아, 마침 또 한 명이 오고 있습니다. 으음. 이번에도 가문의 마차 없이 걸어오는 것 같은데요?"

"그래도 호위는 세 명 붙어 있네. 별로 강해 보이진 않는 것 같고. 우선 신분부터 확인해 봐야 누군지 알겠어."

연달아 찾아온 두 번째 마왕은 호위로 데려온 병사들과 동일한 로브 차림새였다.

'보니까 하위권 서열대 마왕인 것 같은데 대충 들여 보내주면 되겠지.'

한차례 강자를 맞이하니 약간의 여유가 생겼다.

가문의 마차가 없는 것을 확인한 코핀은 연초를 입에 문 채로 손을 내밀었다.

"초대장은 가져오셨습니까?"

"다시 보니 감회가 새롭군."

"예?"

깊게 눌러쓴 후드 사이로 드러나는 눈빛.

'이, 이 자식?'

순간 섬뜩한 살기를 느낀 코핀은 급히 뒤로 몸을 뺐다.

"수인왕이라고 하더니 감각은 확실히 봐줄 만해."

"……당신은?"

"헨드릭."

이름을 밝힌 마왕이 후드를 뒤로 벗어제꼈다.

"헨드릭 프로이스다."

연합을 대표하는 수인왕. 네 명으로 이루어진 놈들은 전부 A급에 달하는 괴물들이었고, 전쟁 당시에도 수인들을 이끌고 선두를 휘젓고 다녔다.

그리고 그중 한 명이 바로 놀들의 왕인 코핀이었는데.

'이때는 좀 더 털이 노란색이었군. 전쟁 때만 해도 약간은 갈색으로 물들어 놀들 사이에서 유독 색깔이 튀었는데.'

다시 재회하게 되어서도 시선은 금세 복실복실한 털로 쏠렸다.

용찬은 초대장을 신중히 살피는 놈을 보며 피식 웃었다.

"아직 멀었나?"

"아, 아닙니다. 들어가시죠."

"고맙……."

"자, 잠시!"

다급한 목소리에 멈춰 서는 발길.

코핀은 영 미심쩍은 눈빛으로 고개를 갸웃거리며 물었다.

"정말 서열 50위 마왕이 맞으십니까?"

"초대장에도 나와 있을 텐데?"

"아, 아니, 분명 그렇긴 하지만. 아오. 뭔가 이상한데. 순간 느껴진 기세는 분명 최상위 서열 수준이었는데 이리 약해 빠진 놈이 어떻…… 허업!"

순간 속마음을 그대로 내뱉은 코핀이 뒤늦게 자신의 입을 막았다. 곁에 있던 제미스는 '망했다'란 표정을 지으며 몸을 부르르 떨었고, 호위로 데려온 세 명의 병사들도 각자 반응하기 시작했다.

하지만 그에 앞서 용찬이 고개를 저으며 등을 돌렸다.

"안내역은 안에 배치되어 있나?"

"아, 아! 잠시 확인해 봐야 할 것 같습니다!"

"귀찮군. 그냥 네놈이 안내를 맡아라."

"하, 하지만 전 입구를 맡아야……."

"약해 보이는 놈과는 함께 다니기 싫다는 건가?"

살짝 틀어진 고개 사이로 보이는 옅은 미소.

'못 들은 척 넘어가는 것 같더니 결국 물고 늘어지는 거냐?'

코핀은 낭패 어린 표정으로 프로이스 가문을 떠올렸다.

홍염의 패자가 가주로 있는 마계의 최상위 가문.

연합과의 관계를 생각하던 코핀은 결국 한숨을 내쉬며 앞장을 섰다.

"미리 말씀드리지만 제가 안내역은 그다지 경험이 없습니다. 제 성격과 맞지도 않고 말이죠."

"상관없어. 그저 네가 아는 것만 씨불이면 되니까."

"큼. 제미스. 입구 잘 지키고 있어라. 자, 이리로 따라오시죠."

그렇게 시작된 어색한 동행.

"아, 대충 그런 거였는데……."

"그만 입 다물어라."

특히 말재간이 없는 코핀이다 보니 더욱 어색한 분위기만 흘러갔다.

"흐잉. 마왕님. 너무 답답해요. 그만 벗으면 안 돼요?"

"마음대로 해라."

결국 호위로 데려온 세 명의 병사가 로브를 벗자 그제야 입을 다무는 코핀이었다.

"페페펭. 여긴 복도부터 장식품들이 화려하군요. 하나만 슬쩍해도……. 크흠흠!"

"우와. 저기 뱀파이어가 그려진 초상화도 있어요."

"……."

제피르 일족에서부터 뱀파이어, 금발의 여마족까지. 고루 종족을 갖춘 병사들이 본모습을 드러내자 코핀의 두 눈이 휘둥그래졌다.

"……이종족?"

"왜 그러지. 혹시 이종족들을 데려오면 안 되는 법이라도 있는 건가?"

"아, 아뇨. 그런 건 아닙니다만."

분명 이종족을 병사로 다루는 마왕들은 여럿 존재한다.

하지만 이렇게 르네의 밤까지 이종족들을 데려오는 자는 극히 드물었다.

'호위로 배정한 것을 보면 재미 삼아 데려온 것은 아닌 듯한데.'

대다수 마왕들은 이종족들을 그저 노예로 취급하며 함부로 부리지 않는가. 한데, 바쿤의 병사들은 자유롭게 복도를 돌아다니며 편한 분위기를 취하고 있었다.

코핀은 난생 처음 보는 광경에 당황하면서도 자신의 역할을 잊지 않고 재빨리 눈앞에 보이는 문으로 다가갔다.

"도착했습니다. 헨드릭 프로이스 마왕님."

"잠시. 이번에 참가한 마왕들은 총 몇 명이지?"

"아, 몇 명이었더라. 아직 도착하지 않은 분들까지 포함하면 대충 50명 안팎일 겁니다."

최대 규모로 열린 것치곤 참가 인원이 그리 많지 않았다.

'그래도 상위권 서열대 놈들도 몇 명은 참여했겠지. 평가전 당시엔 일정 때문에 제대로 보지 못했지만, 지금이라면 다르지.'

뒤늦게 코핀이 문손잡이를 끌어당기자 내부 광경이 한눈에 들어왔다.

감미로운 음악 소리와 휘황찬란한 장식물들. 그리고 수십 개의 테이블 위로 올려진 고급스러운 음식들까지.

"저것 봐. 헨드릭 프로이스도 참석했어."

"저번 르네의 밤에서 그 정도 망신을 당했는데 또 참여했다고?"

"그래도 몸에 살은 약간 붙은 것 같네. 아니, 근육이려나. 듣기론 50위대까지 서열을 올렸다고 하더니 얼굴도 나름 반반해졌잖아?"

용찬은 자신 쪽으로 몰린 시선들을 느끼며 곳곳에 착석한 마왕들을 확인했다.

"에휴. 그럼 저는 이만 물러나……."

"이런 빌어먹을 잡종 년이!"

"꺄아아악!"

갑작스레 비명이 들려오자 회장을 빠져나가려던 코핀의 고개가 홱 돌아갔다.

촤아아악!

단숨에 목이 떨어져 나간 수인 여성. 잔을 나르던 도중 마왕과 부딪친 것인지 바닥으로 깨진 유리잔이 보였다.

"……더는 못 참아. 저 개자식. 반드시 조져 버린다."

"멈춰."

폭주하기 직전이던 코핀을 용찬이 멈춰 세웠다.

"그래. 네놈도 결국 동족을 먼저 챙긴다 이거지?"

"아아, 당연히 챙겨줘야지."

"좋아. 이제 마계 위원회고 뭐고……."

파지지직!

천천히 건틀릿에 스며드는 강렬한 뇌전. 마침 놈도 자신이 온 것을 알아챈 것인지 입가를 말아 올렸다.

"하. 기어코 르네의 밤에 얼굴을 내밀었군. 그런 치욕을 당했는데도 아직 부족한가 보지? 아니면 서열을 믿고 설치는 건가?"

"벼도 익을수록 고개를 숙이게 마련인데 네놈은 그런 개념이 약간 부족한가 보군."

"뭐? 무슨 소리를 지껄이…… 커억!"

경쾌한 타격음이 회장에 울려 퍼졌다.

묵직한 건틀릿에 정통으로 얻어맞은 마왕, 아니, 제리엠은 볼썽사납게 바닥을 굴렀고 용찬은 놓치지 않고 따라가 놈의 안면을 쥐어 잡았다.

"잃어버린 개념을 다시 찾아주마."

인간과 마족이 공생 관계를 가진다는 것은 불가능한 일이다. 수백 년 전부터 두 종족은 대륙과 마계를 넘나들며 전쟁을 벌였고, 플레이어들이 소환된 이후부터 견제는 더욱 심해졌다. 물론 용찬이 데려온 아이리스는 플레이어가 아니었지만 대륙인이라는 것만으로도 큰 문제였다.

'마계에 이 사실이 알려지면 파장이 매우 클 텐데. 걱정이군.'

때문에 아직 가문에게도 보고를 하지 않은 실정이다.

'퀘스트 때문에 강제로 맡게 된 아이니 되도록 잘 부탁한다. 그레고리.'

이 말을 끝으로 용찬은 세 명의 병사들과 함께 르네의 밤으로 향했지만, 인간을 맡는다는 것은 여간 어려운 일이 아니었다. 게다가 아이리스는 기억을 잃은 것도 모자라 호기심까지 왕성한 어린 소녀.

"대체 언제까지 여기 앉아 있어야 하는 건데."

"……너무 돌아다니시면 곤란합니다. 아이리스 님."

한참의 실랑이 끝에 그녀를 강제로 의자에 앉힌 그레고리는 한숨을 푹푹 내쉬었다.

'이렇게 어린 분을 모시게 된 게 몇 년 만인지 모르겠군. 가문에서 도련님을 모시던 기억이 마지막이었는데. 대충 인간의 나이로 치면 15살 즈음이려나. 그래도 부탁받은 만큼 신경은 써야겠어.'

기본적으로 아이리스에게 입힐 옷이 부족했다.

루시엔과 록시가 마왕성으로 들어온 이후 여벌의 옷을 미리 준비해 놓긴 했지만, 앞날을 생각한다면 이번 기회에 옷과 물품들을 구매해놓는 게 편했다.

'그것뿐만 아니지. 숙녀분을 위한 빗과 휴대용품 등등. 생각해 보니 준비할 게 꽤 많겠어.'

어김없이 발동하는 집사의 본능. 잠시 고민하던 그레고리는 방으로 로드멜을 불러 감시를 맡겼다.

"그 많은 병사 중에서 왜 하필 저입니까."

"루시엔 님의 치료는 거의 끝나지 않았습니까. 다른 분들은 던전과 철광산 때문에 바쁘니 한동안 로드멜 님이 아이리스 님을 맡아주셔야겠습니다.

"……하아. 너무합니다. 그레고리 님."

"그러면 전 잠시 도시에 갔다 오도록 하죠. 의외로 필요한 생필품들이 많아져서 말입니다."

그렇게 강제로 아이리스를 떠맡게 된 로드멜. 의외로 말재주가 있어 그녀의 말 상대로는 제격이었지만 몰려오는 피로는 어쩔 수 없었다.

"으응. 그렇구나. 그러면 마계에는 여러 가문들과 마왕성이 있는 거네?"

"그렇습니다. 그리고……."

"어라. 로드멜?"

한동안 루시엔의 곁에 달라붙어 지속적으로 치유를 시전한 탓일까. 마나 포션을 복용했음에도 불구하고 얼마 되지 않아 꾸벅꾸벅 졸기 시작했다.

곤히 잠들은 로드멜의 손에서 번쩍거리는 통신 수정구.

"……."

몇 차례 그레고리가 사용하던 것을 본 적이 있던 아이리스는 잽싸게 수정구의 불을 꺼버렸다. 그리고 한쪽 입가를 말아 올리며 곧장 기억 속에 있던 방으로 찾아가기 시작했다.

'마왕성 바깥으로도 돌아다니고 싶지만 헨드릭이 위험하다고 했으니까. 엇. 아직도 자고 있구나.'

문을 열자마자 보이는 다크 엘프.

침대에 누워 새근새근 잠에 들어 있는 루시엔이었다.

"루시엔이라고 했었지? 지난번 전투에서 많이 다쳤다고 하던데. 지금은 괜찮으려나."

자신과 비슷한 연령대의 은발 소녀는 흥미 그 자체였다.

물론.

"그나저나 만지면 만질수록 감촉이 너무 좋은 것 같아."

뾰족한 두 귀는 자신과 다르게 매우 말랑거렸다.

'어머. 이거 미안해서 어째. 하필 내 발이 거기 있었네.'
'하하하. 넘어지는 꼴이 아주 가관이잖아.'
'어이. 망나니. 여기도 술이 잔뜩 있다고. 실컷 들이붓고 마시라고.'

수십 명의 마왕들 앞에서 대놓고 모욕을 당하던 기억. 바닥에 넘어져 마족들에게까지 비웃음을 받던 첫 번째 르네의 밤은 굴욕 그 자체였다.

하지만.

"커, 커억. 말로 해. 말로 하자고!"

"아까 전까지 기세등등하던 그 자신감은 어디로 가고?"

"제, 제발!"

두 번째 르네의 밤은 등장부터 파격적이었다. 집요하게 안면을 구타당한 제리엠은 반항하길 포기한 상태였고, 그 광경을 지켜보던 대부분의 마왕들은 떡 벌어진 입을 쉽사리 닫지 못했다.

정녕 저게 망나니로 취급받던 그 최하급 마족이 맞긴 한 것일까.

'평가전 때 권능을 각성했다고 듣긴 했지만, 이 정도일 줄이야. 성격까지 완전히 뒤바뀌었잖아?'

'서열 50위, 아니, 잘하면 서열 40위대까지 노려볼 만하겠는데?'

'권능뿐만 아니야. 저런 장비들은 도대체 어디서 얻은 거지?'
1년 전과 확 달라진 헨드릭의 모습에 회장은 사뭇 긴장감이 감돌았다. 그 속에서 태연하게 자세를 유지하는 자들은 일부 상위권 마왕들뿐.
"지난 평가전에서 마지막 상대로 안 걸린 것을 행운으로 알아라."
"끄어어어."
한참을 구타하던 용찬은 피로 흥건한 건틀릿을 털어내며 속 시원히 자리에서 일어났다.
그리고 곁에 있던 록시가 천천히 걸어와 얼굴을 감싸 쥐고 있던 제리엠을 내려다봤다.
'한심한 놈.'
익숙하기 그지없는 눈빛.
직접 입으로 내뱉진 않았지만 표정만 봐도 알 수 있었다.
"끄아아아아!"
결국 제리엠은 온갖 치욕을 견디지 못해 고래고함을 지르며 회장을 뛰쳐나갔다.
아마 마왕성에 돌아가서도 이번에 당한 수모를 두고두고 잊지 못할 터.
"허어. 이게 무슨 상황인가."
"숭고한 회장이 핏물로 흥건해졌군. 게다가 수인의 시체까지. 이게 어떻게 된 일이지?"

"수인왕들은 대체 무엇을 한 게야. 이런 일이 벌어지면 즉시 위원회에게 통신이라도 해야 할 것 아니야!"

뒤늦게 마계 위원회의 마족들이 나타나며 소란스럽던 상황은 순식간에 정리가 됐다.

하지만 돌발 사고에 대한 모든 책임을 떠안게 된 수인왕들은 동족이 희생됐음에도 불구하고 마왕들에게 고개 숙여 사과해야만 했다.

"씹어 먹어도 시원찮을 놈들. 사고를 일으킨 건 마왕 놈인데 왜 우리가 사과를 해야 돼?"

"성질 죽이고 목소리 낮춰! 마계 위원회에게 걸리면 상황만 더 커질 뿐이야!"

"……빌어먹을."

결국 수인들은 자신의 손으로 직접 동족의 시신을 치우며 뒷정리까지 도맡아야 했다.

그렇게 모임이 다시 원활하게 진행되자 다음으로 이어진 것은 질책이었다.

"마왕들의 진술을 들어보니 자네가 제리엠 란드로스에게 먼저 선제공격을 날렸다고 하던데. 사실인가?"

"하룻강아지 범 무서운 줄 모르고 설치던 놈을 교육시켜 줬을 뿐입니다."

"끄응. 무슨 소리인지는 잘 모르겠지만 대충 뜻은 알아들었네."

다만, 안타깝게도 용찬은 질책이 전혀 통하지 않는 상대였다. 사건을 일으킨 당사자면서도 당당한 그의 태도에 따지고 들던 위원은 할 말을 잃을 수밖에 없었고, 결국 얻은 것 하나 없이 본래의 진행자 역할로 돌아가야 했다.

그리고 시작된 본격적인 르네의 밤.

-위원들이 없는 사이 불미스러운 일이 발생한 것에 대해 고개 숙여 사과드리겠습니다. 일단 르네의 밤을 기념하는 모임인 만큼 마왕분들은 수인들을 따라 복장을 갖추어 다시 회장으로 돌아오시기 바랍니다.

헨드릭의 고유 기억대로 가장 먼저 자리에 걸맞는 의상 교체가 이루어졌다. 차례차례 수인들의 안내를 따라 복도로 걸어나가는 마왕들. 그리고 용찬에게도 한 명의 안내역이 붙었다.

"또 너냐."

"싫으시다면 교체라도……."

"아니, 상관없으니 안내나 해라."

"크응. 알겠습니다."

당최 속을 알 수 없는 반응에 어색히 코를 만지작거리는 코핀.

'일단 내가 안내역을 맡는다고 하긴 했지만 정말 황당한 놈이네. 이런 놈이 최하위 서열의 망나니였다고?'

수인들 사이에서 뒤늦게 소문을 접한 직후였기에 안내하는 동안에도 당황스러운 것은 여전했다. 만약 그가 먼저 나서지 않았더라면 자신은 분노를 참지 못하고 제리엠에게 달려들었을 터.

"혹시……."

"착각하지 마라. 그저 지난번 평가전에서 마무리 짓지 못한 일을 여기서 푼 것뿐이니까."

"……."

하지만 그것에 대해 미처 묻기도 전에 용찬이 말을 잘라먹었다.

'역시 그런 게 아니겠지.'

자신은 마왕에게 무엇을 기대한 것일까.

코핀은 씁쓸히 미소를 지으며 방 안으로 들어가는 용찬과 부하들의 뒷모습을 멍하니 쳐다보고 있었다.

"윽. 이거 너무 답답해요. 벗으면 안 돼요?"

"페페펭. 자고로 복장은 품격을 나타내는 법이지. 어린 네놈한테는 그런 게 부족한 모양이구나."

"웃기시네. 위르겐 님은 뚱뚱해서 그런 옷도 안 어울리거든요?"

"페펭. 감히 제피르 왕족인 이 몸을 모욕해?"

"하아. 루시엔 누님이 부상만 안 당하셨으면 같이 저택 내를 돌아다니는 거였는데."

수인들에게 둘러싸여 강제로 온갖 치장을 하게 된 병사들.

헥토르는 나름 정장복이 잘 어울렸지만 배가 불룩 튀어나온 위르겐은 상의가 터지기 일보 직전이었다.

'젠장. 여기서 복장까지 차려입어야 한다니. 마계 위원회 놈들. 쓸데없이 품위를 강조하는군.'

그리고 둘과 동일하게 정장을 갖춘 용찬 또한 불편한 것은 마찬가지였다. 그나마 한때 입었던 블랙 파니르 슈트 덕분에 행동에는 제약이 없는 상황.

하지만 한꺼번에 몰려들어 자신의 몸을 치장시키던 수인들은 다시 기억해도 끔찍했다.

"우와. 마왕님. 되게 잘 어울리세요!"

"쯧. 록시는 어디 갔지?"

"어라. 록시 님도 옷은 다 갈아입으신 걸로 아는데?"

서서히 반대편 방으로 쏠리는 시선. 자신들과 달리 따로 방을 배정받은 마법사 록시가 보이지 않았다.

그 순간.

"우왓?"

"페페페펭!"

"……."

복도 맞은편에서부터 금발의 여성이 어색한 발걸음으로 다가왔다.

빗으로 가지런히 다듬은 머릿결, 영롱한 보석 귀걸이, 가볍게 화장한 얼굴, 그리고 몸매가 한층 부각되는 붉은 드레스까지.

"큭. 내가 이런 복장을 입어야 된다니."

정작 본인은 수치스러워 하고 있었지만 꾸미니 한층 아름다워진 록시였다. 특히 전보다 강조된 몸매에 엄지를 척 치켜드는 헥토르와 위르겐.

"역시는 역시군요!"

"페페펭. 그렇군!"

"흐음. 확실히 남다르긴 하군."

"무, 무슨?"

평소 병사들에게 관심이 없던 용찬조차 감탄하게 만들고 있었다. 그렇게 약간의 소동이 끝나자 일행은 다시 코핀의 안내를 받으며 회장으로 돌아왔다.

"이 테이블에 착석하시면 될 것 같습니다."

"고맙군."

배치된 자리는 회장에서도 거의 좌측 끝 테이블. 다른 마왕들도 함께 착석하는 것인지 이미 자리에 앉아 있는 두 명이 보였다.

"……."

“……”

정장 복장과 전혀 어울리지 않는 갈색 삿갓.

허공에서 잠시 눈이 마주친 용찬은 그가 누구인지 단숨에 알아차렸다.

‘침묵의 마왕 로저스로군.’

전쟁 당시 가주들 다음으로 가장 골치를 썩였던 마왕들 중 한 명이었다.

권좌에 속한 플레이어들조차 쉽사리 덤비지 못했던 자.

잠시 회귀 이전 기억을 회상하던 용찬은 뒤늦게 테이블 위에 올려진 팻말을 확인했다.

‘역시 샤들리 가문 소속이었어.’

헨드릭 고유 기억 상에서도 놈은 한 치를 내다볼 수 없는 강자로 알려져 있었다.

그리고 로저스의 곁에 앉아 있던 나머지 한 명은.

“흐응. 여기서 또 보네. 반가워. 헨드릭?”

“아아, 네가 있는 줄은 몰랐군.”

헤임달에서 바쿤의 병사들에게 대놓고 망신을 주었던 실비아였다.

서서히 모임의 주역인 마왕들이 한자리에 모이는 회장 안.

비록 일부 마왕들은 초대를 거부한 것인지 끝내 보이지 않고 있었지만, 어느 정도 이름이 알려진 자들을 하나둘씩 테이블 사이사이로 보이고 있었다.

그중에서도 가장 주목받고 있는 것은 헨드릭과 로저스.

'아아, 록시. 못 본 사이에 많이 이뻐졌구나.'

하지만 서열 8위 마왕인 조슈아의 최대 관심사는 오직 록시뿐이었다.

평소와 달리 모임에 걸맞게 복장을 갖춘 그녀. 간간이 다른 마왕들의 시선까지 끌 정도로 아름다움은 극에 달했다.

"조슈아 님. 괜찮으십니까?"

"아, 물론이죠. 오히려 기쁘게 생각하고 있답니다. 바쿤에 들어간다고 할 때만 해도 약간은 걱정스러웠었는데 무척 잘된 것 같네요."

"하아. 조금은 관계를 따져도 될 텐데. 역시 조슈아 님은 너무 착해서 탈이세요."

집사로서 함께 동행한 아젠은 한숨을 내쉬며 맞은편 테이블을 유심히 살폈다.

최근 급격히 상승세를 보이고 있는 헨드릭, 서열 4위에 안착해 일부 지역에 군림하고 있는 로저스. 그리고 저번 서열전을 통해 41위에 등극한 실비아까지.

"로저스는 몰라도 헨드릭과 실비아의 신경전은 장난이 아니겠네요."

그중에서도 40위대를 노리는 헨드릭과 40위대에 안착해 있는 실비아는 서로 견제하기 충분한 자리에 놓여 있었다.

조슈아도 아젠의 말에 공감이 된 것인지 흘깃 둘을 쳐다봤다.

"그렇군요. 헨드릭이 49위를 이기고 40위대에 올라서면 본격적으로 서열전이 가능해지겠어요."

"아, 깜빡했네요. 조슈아 님. 요새 헨드릭 프로이스가 어떤 호칭으로 불리는지 알고 계십니까?"

"호오. 벌써 호칭이 붙었나 보군요. 무엇이죠?"

어느 정도 서열전을 치룬 마왕들은 그에 걸맞는 호칭이 주어진다. 비통의 마왕이라 불리는 실비아 또한 마족들을 통해 붙여진 두 번째 이름. 평가전을 비롯해 최하위 서열에서 50위대까지 올라간 헨드릭도 호칭이 지어지는 것은 당연한 과정이었다.

"반전의 마왕."

"아아, 멋지네요."

수차례 반전을 일으키며 마계를 놀래킨 망나니 마왕.

아젠의 말에 조슈아가 두 눈을 빛냈다.

"비통의 마왕과 반전의 마왕. 과연 누가 이길지 정말 궁금해 집니다."

손에 쥔 유리잔 속 포도주가 분위기에 맞춰 천천히 넘실거리고 있었다.

"크. 징그러운 놈."

"음. 왜 그러지?"

곁에 앉아 있던 록시의 인상이 팍 구겨졌다.

누군가와 눈이라도 마주친 것인지 불쾌해하는 표정. 뒤늦게 그녀의 시선을 따라가자 맞은편 테이블에 앉아 있던 금발의 소년이 눈에 들어왔다.

'조슈아 하이델.'

서열 8위에 속하는 하이델 가문의 정식 후계자.

그제야 록시가 인상을 구긴 이유를 알 수 있었다.

"……아무것도 아닙니다."

"서로 사이가 안 좋았나 보군."

확실히 서글서글한 인상은 용찬도 마음에 들지 않았다.

그 사이, 위르겐은 수인들이 챙기고 다니던 연초를 발견한 것인지 얼마 되지 않아 입에서 연기를 빼금빼금 내뱉고 있었다.

"페페펭. 역시 이 맛이지!"

"윽. 저리 가서 피워요. 냄새 때문에 토할 것 같네!"

"넌 아직 어려서 연초의 맛을 모를 거다. 페펭!"

"아, 저 100살은 넘겼거든요?"

잔잔한 음악 소리가 울려 퍼지는 회장 속에서 유치한 대화가 이어져 갔다. 결국 연기를 참지 못한 헥토르는 옆으로 자리를 땡겨 앉았고, 테이블에 차려진 음식들을 집어 먹으며 반대편으로 고개를 돌렸다.

"흡?"

"……음?"

삿갓 아래로 드러나는 섬뜩한 눈빛.

뒤늦게 로저스 곁에 앉았단 것을 자각한 헥토르는 입에 음식을 문 채로 굳어버렸다.

"죄, 죄송합니다."

"아니, 미안해할 것 없어. 괜찮아."

"……그래도."

"편하게 들도록 해. 나는 상관 말고."

그가 친절히 테이블로 손짓까지 하자 고민하던 헥토르가 다시 음식을 집어 먹기 시작했다.

"헤헤헤. 감사합니다."

널리 알려진 명성과 달리 비교적 친절한 태도.

근처에서 둘을 지켜보던 실비아는 황당한 표정으로 고개를 돌렸다. 그리고 얼마 되지 않아 다시 용찬에게로 시선이 쏠렸다.

'평가전 때만 해도 70위대였던 놈이 이제는 50위대? 도대체 어떤 비밀을 가지고 있는 거래.'

막상 가까이서 보게 되자 의혹은 더욱 짙어졌다.

특별히 감각을 자극하는 기운도 느껴지지 않는 상황. 그나마 확실히 달라진 것이라면 앙상했던 몸을 채운 잔 근육과 깔끔해진 외모 정도였다.

"무엇을 그리 보는 거지. 내 얼굴에 뭐라도 묻은 건가?'

"아니, 뭐. 망나니치곤 괜찮게 생긴 것 같아서."

"쓸데없는 감상평이군."

매혹적인 눈빛에도 관심조차 주지 않는 태도. 남성 마족들의 마음을 사로잡으며 한창 인기를 끌고 있던 그녀의 자존심이 단숨에 박살 났다.

"하. 어이가 없네. 기껏 해봐야 망나니였던 놈이 지금 뭐라고 지껄이는 거야? 너 같은 놈에게 관심을 주는 것 자체를 영광으로 알라고!"

"왜 내가 네 시답잖은 놀이에 어울려 줘야 하지?"

"시, 시답잖은 놀이?"

거의 폭발 직전이던 실비아에게로 무심한 눈길이 꽂혔다.

"주제를 알고 설쳐라."

"더는 못 참……."

"진정들 하지 그러나?"

테이블 사이로 생성되는 푸른 장막. 감히 범접할 수 없는 어마어마한 마력 양에 자리에서 벌떡 일어난 실비아가 입술을 깨물었다. 그리고 마력의 주인이던 로저스는 중앙을 손짓하며 슬쩍 미소를 보였다.

"슬슬 위원들이 얘기를 시작할 것 같은데 말이지."

"……흥!"

"흐음."

싸늘하게 얼어붙은 분위기가 천천히 녹아내렸다.

조심히 눈치를 보던 주변 마왕들도 중앙에 선 위원에게로 시선을 돌리는 상황.

-앞서서 이 자리에 모여주신 마왕분들께 진심으로 감사를 표합니다. 1차 르네의 밤 때처럼 간단히 서열 정리부터 발표하며 진행을 시작하겠습니다.

우선적으로 중간 점검에 들어가며 위원이 차례대로 서열을 발표하기 시작했다. 기존에 알고 있던 대로 용찬의 서열은 50위. 다른 마왕들도 1년간 많은 변화가 있던 것인지 일부는 서열이 달라져 있었다.

'이렇게 체계적으로 서열전을 운영할 줄은 꿈에도 몰랐는데. 만약 플레이어들이 이 사실을 알고 있었다면 마왕성이 아닌 마계 위원회부터 노렸을 거야.'

조금은 아쉬우면서도 후회가 든다. 너무 성급하게 두 번째 목표에 매달린 것은 아닐까.

그런 생각에 용찬은 씁쓸히 웃음을 흘리며 위원의 다음 말을 기다렸다.

-비스커빌 해의 최고 성과도를 달성한 주인공은 바로 헨드릭 프로이스!

"음?"

갑작스러운 발표에 눈썹이 꿈틀거렸다. 다른 마왕들도 대부분 상위권 마왕으로 예상하고 있던 것인지 사뭇 당황해했다.

-헨드릭 프로이스 마왕님께는 마계 위원회에서 준비한 선물을 드리도록 하겠습니다.

단숨에 주목되는 시선.

위원은 마력을 통해 용찬의 테이블 위로 녹색 상자를 올려놨다.

[위원회의 깜짝 선물 상자]

'어떤 선물인지는 몰라도 상자 이름부터 끔찍해 보이는군.'

그렇게 생각하고 있는 걸 아는지 모르는지 위르겐은 두 눈을 반짝이며 상자를 낚아챌 뿐이었다.

그 사이, 진행 위원은 다음 설명으로 넘어가고 있었고 이내 두 번째 르네의 밤의 중요 사항들을 언급하기 시작했다.

-가장 첫 번째로 곧 다가올 세 번째 평가전에 대해서입니다만,

아마 이전 평가전과는 다른 구성으로 경기가 진행될 것 같습니다. 물론 어떤 구성인지는 바로 알려 드릴 수는 없고 말이죠.

마침 구성에 대해 물어보려고 하던 마왕이 급히 입을 다물었다.

어찌 보면 인간들 못지않게 성격이 급한 마족들이었다.

-두 번째로 새롭게 추가된 가문전에 대해서 발표하겠습니다.

"가문전?"

-예. 가문을 대표해서 마왕분들이 참여하게 되고 본래 마왕성의 병사들이 아닌 가문의 인원을 이끌어 전투를 치르게 됩니다. 총 74개의 가문이 전부 소집되며 전쟁 규모로 두 개의 가문씩 전투를 벌이게 되겠죠.

아마 두 번째 르네의 밤을 개최한 최대의 목적은 가문전이 아니었을까.

몹시 당황하고 있는 마왕들의 반응만 봐도 가문전 소식은 무척 뜬금이 없었다. 특히나 마왕성도 아닌 가문 자체를 이끄는 전투다.

'도대체 무엇을 노리고 도입시킨 가문전이지?'

조심히 이유를 추측하던 용찬의 눈길로 로저스가 사로잡혔다.

마치 돌변하듯 흉포해진 두 눈빛.

-이 모든 게 자네와 나 때문에 벌어진 일이란 것은 잘 알고 있겠지?

머릿속으로 들려오는 그의 목소리와 함께 살벌한 기세가 온몸을 자극해 왔다.

'무슨 뜻이지?'

-아아, 정정하지. 정확히는 우리 두 가문이 벌인 일 때문이야.

'무슨 뜻이냐고 물었을 텐데.'

당최 의도를 알지 못해 짜증이 치솟던 차, 놈이 잠시 머뭇거리다 이내 다시 물어왔다.

-설마 가주에게 소식을 전해 듣지 못한 건가?

'슬슬 열 받기 시작하는군. 가문이 대체 뭐 어쨌다는 거냐.'

-……차라리 잘됐을지도 모르겠군. 홍염의 패자도 은근 여우같단 말야. 하지만 약간 실망이기도 해. 가문의 계획을 망쳐버린 망나니가 얼마나 대단한지 직접 확인해 보려 찾아왔건만……. 겨우 이런 애송이였다니. 나도 참 한심하군.

마치 시간이 멈춘 듯 고요해지는 회장 안. 오직 두 마왕의 시선이 교차하는 가운데 로저스가 먼저 한숨을 내쉬었다.

-서열 20위는 턱도 없겠…….

"네놈이 지금 어떤 개소리를 지껄이는지는 모르겠지만 하나만 기억해 둬라."

-뭐?

아마 놈은 모를 거다. 무려 5년간 마왕과 전쟁을 벌인 플레이어들을. 그리고 최상위 서열의 마왕들과 가장 많은 교전을 치렀던 바로 자신을 말이다.

"그 잘난 용 대가리도 결국은 땅으로 추락한다는 것을."

"……네가 그걸 어떻게?"

당황한 것인지 입 밖으로 터져 나오는 육성.

"어라. 두 분이서 무슨 얘기하고 계신 거예요?"

놈의 몸이 움찔거리던 사이 시간이 다시 되돌아왔다.

사뭇 냉랭해진 분위기에 고개를 갸웃거리는 헥토르. 주위 시선이 집중되자 로저스도 헛기침을 하며 고개를 돌렸다.

-……자세한 가문전 일정은 차후에 따로 통보해 드리도록 하겠습니다. 그러면 이만 저희는 물러가도록 하죠. 남은 시간 동안 편히 모임을 즐기시다가 돌아가 주시기를.

마침 진행 위원도 설명을 끝마쳤다. 하나둘씩 회장을 빠져나가는 마왕들을 보며 로저스와 실비아도 자리에서 일어났다.

"그 자신감이 언제까지 유지되는지 똑똑히 지켜봐 줄게. 망나니."

다짜고짜 위협을 날리며 사라지는 비통의 마왕. 뒤에 서 있는 로저스의 눈빛 또한 거슬려 왔지만 용찬은 코웃음 치며 그저 자리에서 일어날 뿐이었다.

"우리도 이만 가도록 하지."

"어, 어라? 벌써 가는 거예요? 아직 음식이 이렇게나 남아 있는데!"

"페페펭. 마왕님. 이참에 연초도 사 가시는 게 좋지 않겠습니까?"

성대한 모임에 미련이 남은 것인지 헥토르와 위르겐이 급히 요청해왔다. 하지만 용찬은 이미 가문을 떠올리며 발걸음을 옮기고 있었다.

'아무래도 로저스가 했던 말이 신경 쓰여. 돌아가는 대로 펠드릭에게 통신을 해봐야겠어.'

이전 방문 때만 생각해봐도 그가 무엇을 숨기고 있는 것은 분명했다. 아마 가문에 관련된 일로 바빠진 게 원인일 터.

-마, 마왕님. 신속히 마왕성으로 돌아오셔야 할 것 같습니다!

마침 타이밍 좋게 그레고리에게서도 통신이 왔다.

용찬은 수정구를 꺼내 들어 대답했다.

"무슨 일이지?"

-루시엔 님이 깨어났습니다. 다만 문제는 아이리스 님을 보시자마자…….

-인간이라고? 도대체 인간이 왜 여기 있는 건데. 아니, 그것보단 내가 쓰러진 동안 무슨 일이 벌어진 거야!

쩌렁쩌렁하게 울려 퍼지는 루시엔의 고함 소리. 전투 불능 상태에서 회복된 지 얼마나 됐다고 벌써부터 기운이 가득 차 보였다. 용찬은 대충 어떻게 된 상황인지 감을 잡으며 고개를 절레절레 저었다.

"……더 시끄러워지겠군."

하루도 조용한 날이 없는 바쿤이었다.

◀ 36장 ▶
더 페이서

미첼과 바이칼 사이 국경 지역 하쿤. 수십 개의 큰 산맥들을 끼고 있어 통행에 큰 문제를 겪고 있는 곳이기도 하다.

하지만 그 덕분에 경계도를 끌어올려 시시각각 적의 동선을 파악할 수 있었고, 미리 감지계 및 추적계 아티팩트를 설치해 침입을 대비하는 것도 가능했다. 그리고 현재 하쿤 지역의 경계도는 최상까지 치솟은 상태.

콰앙!

지금도 타 국가의 침입을 막기 위해 왕실과 가문이 협력해 국경을 철저히 지키고 있었다.

"정말이지. 샤들리 놈들. 약삭빠른 것 하나는 알아줘야 된다니까."

"기사단 쪽은 어떻지?"

"예, 가주님. 현재 놈들의 병단을 쫓아 중턱 쪽까지 몰아붙였습니다. 지금은 대치 구도인 것 같지만 아무래도 몇 놈은 따로 보고를 하기 위해 자리를 빠져나간 듯 보입니다."

유독 산양처럼 뾰족한 뿔이 돋보이는 마족이 화면을 띄우며 보고를 했다.

산맥의 정상에서 드넓은 경치를 감상하고 있던 가주, 아니, 펠드릭은 잠시 수염을 매만지며 화면 속 샤들리 가문의 병사들을 살폈다.

'용병과 주력 병사들이 보이지 않는 것을 보아 저놈들은 버림패인 것 같군. 살쾡이 같은 놈. 계속 기회를 노리겠다, 이건가.'

정략결혼을 통해 임시적으로 협력 관계를 맺었던 두 가문. 하지만 모르안을 통해 추잡한 계획이 드러나고 미첼에 숨어 있던 놈들이 발견되는 순간 이미 도화선에 불이 붙어버린 것이나 마찬가지였다. 이젠 가문의 일원까지 내팽개치며 본격적으로 활동을 시작한 놈들.

'그래도 꽤나 위험했어. 처음부터 가문이 아닌 마왕성을 노린 거였다니. 만약 헨드릭이 계속 그런 상태였다면 가문 내부에서부터 문제가 터졌었겠어.'

남은 것은 그들에게 동조했던 가문의 배신자를 찾는 일뿐이었다. 얼추 의심하고 있는 자들이 있긴 했지만, 아직 추측의 단계일 뿐.

그러던 차, 펠드릭은 뒤늦게 헨드릭의 호칭이 떠올라 살며시 미소를 지었다.

"반전의 마왕이라. 꽤나 그럴싸하구나."

"예?"

"아니, 아무것도 아니다. 우선 놈들에게 집중해라."

"알겠습니다!"

유능한 디텍터로 통하는 마족 렐슨이 다시 집중하기 시작했다. 그사이, 펠드릭은 반짝거리는 수정구를 꺼내 들었다.

마력을 통해 수정구에 비치는 익숙한 안면.

-가주님. 저입니다.

프로이스 가문의 정식 후계자 헨드릭이었다.

"흐음. 네가 먼저 통신을 다 하고. 별일이구나. 그래서 무슨 일이지?"

-르네의 밤에서 가문전에 대한 소식을 들었습니다. 그리고 로저스란 놈이 제게 이상한 소리를 하더군요. 늦었지만 지금이라도 제게 자세한 얘기를 해주셔야겠습니다. 가문의 정식 후계자로서 말이죠.

"……."

경직된 안면이 조금씩 꿈틀거린다. 좀처럼 표정 관리가 되지 못한 탓일까.

화르르륵!

"앗. 따가워. 헙! 가, 가주님?"

"……그래. 한동안 서열전 때문에 숨기고 있긴 했지만, 가문의 정식 후계자라면 네놈도 알고 있어야 할 테지. 암, 그렇고말고."

격양된 감정을 따라 거친 불길이 몰아치기 시작했다.

"조만간 내가 바쿤으로 다시 들르도록 하마. 그때까지……."

"가주님. 가주님?"

"내가 만족할 정도로 서열을 끌어올려 놓도록 하거라."

마지막 통보를 끝으로 수정구의 불빛도 사그라들었다.

펠드릭은 파르르 두 눈을 떨면서 하늘을 올려다봤다.

"오르비안. 점점 당신이 원하는 대로 헨드릭이 마왕에 걸맞은 그릇이 되어가고 있소. 계속 지켜봐 주시오."

"아니, 저쪽이 저희를 지켜보고 있다구요. 우리 위치 들통났어요. 이 양반아!"

펄쩍 뛰어오르는 렐슨이었지만 도통 들어먹질 않는 가주였다.

뚝.

소란스러운 소리와 함께 통신이 꺼졌다.

"……무슨 일이 있긴 한 가보군."

"왜 그러십니까. 마왕님."

"아무것도 아니다."

프로이스 가문과 샤들리 가문의 관계. 그리고 난데없이 서열을 올려놓으라는 일방적인 통보까지. 펠드릭의 성격상 아무런 이유 없이 이런 말을 할 작자가 아니었다.

'조만간 바쿤에 다시 방문한다는 건가. 슬슬 서열을 올리려고 했는데 잘됐어.'

아직까지 밀림 지대 개척 소식은 들려오지 않고 있었다. 용찬은 조급해하지 않고 최우선적으로 마왕성에 집중하기로 마음먹었다.

덜컥!

"꺄아아악!"

"너 거기 안 서!"

요란하게 문이 열리며 들이닥치는 두 소녀. 깜빡하고 있던 아이리스가 다급히 등 뒤로 숨어들었다.

"자꾸 루시엔이 나보고 마왕성에서 나가래."

"이건 말도 안 된다구요. 마왕성에 인간이라니. 그것도 대륙인이라뇨. 자칫 잘못해서 들통이라도 나면 마계 전체가 들썩거릴 거라구요!"

"……너무해."

"하. 울긴 네가 왜 울어!"

눈물을 글썽거리는 아이리스의 모습에 그레고리가 고개를 좌우로 저었다. 인간 자체를 증오하는 루시엔이기에 그녀가 화를 내는 것도 나름 이해는 갔지만 용찬 또한 답답한 것은 마찬가지였다.

'차라리 A급 저주를 풀 방법을 찾는 게 더 빠르지 않을까.'

당장 머릿속으로 몇 가지 방법이 떠오르긴 했지만 난이도가 너무 높았다.

게다가 일부 장비 및 아이템은 신성력에 관련된 효과.

'아니, 아니지. 마족이 무슨.'

결국 할 수 있는 일이라곤 그녀를 들키지 않게 잘 보호하는 것뿐이었다.

"하아. 루시엔 님. 제가 몇 차례씩이나 설명드렸지 않습니까. 마왕님께서도 시스템에 의해 강제로 맡게 된 대륙인이라고 말이죠. 저희도 어쩔 수 없습니다."

"으으. 아무리 그래도 그렇지!"

"정 그렇게 불만스러우시다면……."

"에잇. 몰라. 됐어!"

자신도 방법이 없다고 여긴 것인지 루시엔이 씩씩거리며 방을 나갔다.

그제야 잠잠해진 최상층 방 안.

"……저기. 헨드릭. 내가 인간인 게 잘못인 거야?"

"쯧. 사고 좀 그만 치고 다녀라."

"아얏! 우우. 너무해!"

가볍게 딱밤을 놓자 아이리스도 울먹거리며 방을 뛰쳐나갔다.

그레고리는 골을 짚으며 계단 쪽을 쳐다보다 이내 입을 열었다.

"저렇게 보여도 아이리스 님께선 마왕님만을 곧잘 따르시는 것 같습니다."

"……저게 말이냐?"

시스템 화면으로 잡히는 아이리스와 칸, 켄. 울먹거리는 그녀를 두 명의 고블린이 서로 다독여 주고 있었다.

"크흠흠. 물론 적응력도 빠르신 모양이더군요."

"뭐, 그건 그렇다 치고. 최근 바쿤 주변을 서성이는 놈들이 있는 것 같아. 저번에 가주도 말한 것도 있고. 아무튼 아이리스가 바깥으로 나가지 않게 잘 감시해라."

"알겠습니다."

르네의 밤 이후로 몇몇 마족들의 인기척이 감지됐다. 기존부터 바쿤을 감지한 놈들은 아직도 포착되지 않고 있었지만 다른 마왕들의 견제가 더욱 늘어난 것은 분명했다.

'파이칸 고대 유적지만 잘 마무리되면 한동안은 마계에만 집중해야겠어. 계속 이러다간 균형이 깨지고 말거야.'

그러기 위해선 우선적으로 철저히 준비를 해둬야 했다.

용찬은 두말할 것도 없이 곧장 더 페이서 상단 지부로 통신을 걸었다.

"헨드릭이다. 오늘 내로 지부에 한 번 찾아가마."

-영광입니다. 시간대만 대충 말씀해 주신다면 그때에 맞춰 미리 준비해 놓도록 하겠습니다.

"준비는 됐고 지금부터 내가 말하는 주문서와 아이템들의 매물만 간단히 살펴봐라."

-예, 알겠습니다. 그러면…… 음?

지부로 새로운 손님이라도 찾아온 것일까. 직원들의 웅성거리는 소리가 들려오는데, 분위기가 약간 심상치 않았다.

-제리엠 란드로스 님이 직접 지부까지 행차하셨는데 다들 뭣들 하는 것이냐. 얼른 고개를 조아려라!

-언노운의 마왕이 갑자기 여긴 왜?

-도대체 무슨 일이 벌어진 거야.

지부 전체가 들썩일 정도로 마족들이 소리를 지르기 시작했다. 가만히 듣고 있던 용찬은 인상을 구기며 다시금 로버트를 불렀고 얼마 되지 않아 목소리가 들려왔다.

-르네의 밤이 끝난 이후 잘 지내고 있었나. 헨드릭 프로이스.

"……목소리만 들어도 알겠군. 제리엠 란드로스인가."

-그래. 지난번에는 아주 고마웠어. 네놈 덕분에 모임에서 치욕이란 치욕은 다 당했으니까. 근데 말이지. 좀 웃기지 않아? 나에게 그런 망신을 다 당하게 해놓고선 네놈은 편안히 우리

구역의 상단과 거래나 트고 있고. 형평성이 좀 안 맞다고 생각하는데 말이지.

롱 담은 부정할 수 없는 란드로스 가문의 구역. 언젠가 놈이 상단으로 트집을 잡을 거라 예상은 했었지만, 생각보다 좀 빨랐다. 아마 르네의 밤 때의 사건이 놈을 자극한 것일 터.

"그래서 하고 싶은 말이 뭐지?"

-일찍 포기하고 상단에서 손을 떼라 이거지. 이미 본부장까지 매수해 놨다고. 결국 이놈들도 골드 앞에선 현명한 선택을 하게 마련이지. 들어보니까 더 페이서 상단을 통해 플레이어 아이템을 대량으로 구매해 왔다고 하던데. 더 이상 그게 가능할지 모르겠네. 크크크큭!

무력으로 안 되니 이젠 재력으로나마 자신을 방해하겠다는 뜻이었다.

뚝!

단숨에 꺼지는 수정구의 불빛. 오늘만 벌써 두 번씩이나 일방적으로 통신이 끊겼다.

"마, 마왕님. 무슨 일이십니까?"

"……지금 당장 롱 담으로 간다. 불한당을 불러라."

용찬의 검은 두 눈동자가 살기로 번뜩이고 있었다.

그 시각, 지부를 거의 점령하다시피 몰려 있던 언노운의 병사들은 제각기 상단원을 위협하며 철저히 입구를 봉쇄하고 있었다.

"본부장님. 이게 어찌된 일입니까. 상단을 언노운에게 팔아버리다뇨?"

"크흠. 어쩌다 보니 그렇게 됐네. 아무튼 토 달지 말고 제리엠 님께 예의를 취하게."

"허어. 이건 말도 안 됩니다. 계약이나 거래도 아니고 상단 자체를……."

기본적으로 상단은 거래 혹은 계약을 통해 마왕 및 가문에게 지원을 받기도 한다.

하지만 상단 자체를 팔아버린 것은 듣도 보도 못한 경우였다. 비록 소규모 상단이긴 하지만 점점 발전해 가며 규모를 불리고 있었지 않은가.

'망했어. 상단을 통째로 넘겨 버린 것이면 본부장이나 지부장 같은 직책도 아무런 쓸모가 없어지겠지. 결국 마왕의 손에 놀아나다가 파산되는 결과를 낳고 말거야. 아아, 이를 어찌하면 좋단 말인가.'

로버트는 본부장이 무척이나 원망스러웠다.

어떤 과정을 거쳐 가며 함께 키워온 상단이었던가.

하지만 본부장은 이미 눈앞의 골드에 홀려 과거는 감쪽같이 잊은 상태였다.

"지부장 로버트라고 그랬나. 네놈이 헨드릭과 직접 계약을 맺었다고 했었지. 아마?"

"……그렇습니다."

"하아. 이거 상단의 지부장부터 이리 무능력한데 어찌 상단이 잘 돌아가겠어. 안 그래. 본부장?"

"마, 맞는 말씀이십니다. 제리엠 님!"

다시금 골드 주머니를 쥐여주자 본부장이 고개를 굽실거렸다.

제리엠은 턱을 매만지며 고민하다 이내 로버트를 가리키며 말했다.

"이 자식은……."

콰앙!

미처 지시를 내리기도 전에 부숴지는 정문. 단숨에 문을 박차고 들어온 자의 정체는 다름 아닌 용찬이었다.

"지금 뭐하는 짓이지?"

"키에엑!"

"키엑!"

마치 깡패처럼 연장을 든 칸과 켄이 지부 안을 장악하기 시작했다.

"페페펭. 이거, 이거 가만히 놔두면 안 될 현장이로군요!"

입에 연초를 문 위르겐 또한 불량배 그 자체의 모습. 마침내 불한당 부대의 진정한 의미가 드러난 가운데 용찬이 놈에게로 천천히 걸어갔다.

"내가 무슨 짓을 하냐고 물었을 텐데?"

"거, 거기 멈춰. 여기선 너도 날 섣불리 건들지 못한다고!"

"하, 가문의 구역만 믿고 그리 설치는 모양인데. 넌 상대를 잘못 골랐어."

먼저 상단과의 거래 관계를 방해한 것은 제리엠 쪽이었다.

만약 가문과의 분쟁으로 번진다고 해도 마계 위원회 측은 자신의 손을 들어줄 터.

'다른 가문의 구역에서 사건이 터질 시 마계 위원회는 공정한 판결을 위해 인과 관계를 먼저 따집니다. 이번 사건의 경우도 언노운이 먼저 상단과의 거래를 방해한 것이니 마왕님의 편을 들어주시겠죠.'

미리 그레고리에게 조언을 듣고 왔던 용찬은 거침이 없었다. 하지만 그것도 잠시.

"여, 여기 이것 보라고. 난 이미 상단을 산 몸이야. 근데 네가 날 건드릴 수 있을까?"

"뭐?"

제리엠이 번쩍 든 계약서를 보자마자 발걸음이 멈추었다.

곁에 서 있는 본부장은 슬금슬금 눈치만 보는 상황.

"아하하하. 그래. 거래를 방해한 것은 나였지만 상단을 사버린 이상 그건 상관없다고! 지금부터 네가 무슨 짓을 하든 결국 위원회는 내 편을 들어줄 거다."

꼼꼼히 작성된 계약서에 로버트마저 바닥에 주저앉아 버렸다.

"페펭. 마왕님. 저놈의 말이 맞다면 저희로선 더 이상 놈과 상단을 건드리지 못합니다."

"……."

"그 표정. 바로 그 표정이야. 이제야 네놈이 꼼짝달싹 못 하는 꼴을 보게 되는군. 그래, 이왕 이렇게 된 김에 그 잘난 네 지부장 놈도 함께 퇴출시켜 주지. 자, 얼른 데리고 가라고."

언노운의 리자드맨들이 망연자실해 하는 로버트를 강제로 끌어냈다.

그제야 광폭히 웃으며 즐거워하는 제리엠.

"아하하하. 그러게 날 건드리지 말았어야지!"

"……저 자식."

이런 얕은수에 놀아난다고 생각하니 용찬의 기세도 점점 살벌해졌다. 그 순간, 골똘히 머리를 굴리던 위르겐이 눈을 빛내며 소매를 잡아당겼다.

"마왕님. 지금 저놈은 큰 실수를 하고야 말았습니다. 페펭."

"무슨 소리지?"

싱긋 올라가는 두툼한 부리.

"페페펭. 제리엠은 상단을 산 거지. 상단원을 산 것은 아니지 않습니까."

위르겐이 음흉하게 웃으며 연초를 또 하나 입에 물고 있었다.

본부장을 회유해 상단을 통째로 집어삼킨 언노운. 비록 소규모 상단이긴 하지만 투자한 골드만 해도 백만 단위는 쉽게 넘겼을 것이다.

오직 복수 하나만을 위해 자신의 재정을 쏟아부은 제리엠. 사실상 용찬의 입장으로선 다른 상단을 찾아가도 별 상관없는 일이었지만 문제는 그거였다.

"꾸준히 투자한 골드를 회수하기 어렵다는 점, 가장 가깝고 간편한 상단을 잃었다는 점, 지속적으로 플레이어 아이템을 구매하기 어렵다는 점. 그리고 감히 마왕님의 것을 건드렸다는 점 아니겠습니까. 페펭!"

요점을 정리한 위르겐이 주저앉아 있던 로버트를 흘깃 쳐다봤다.

"페펭. 그레고리에게 들어보니 상단을 여기까지 끌어올린 것도 거의 로버트의 솜씨더군요."

"그래서 본론은?"

"상단이 팔렸다고 해서 상단원까지 속박되어 있을 필요는 없다 이겁니다. 계속 상단에 남아 있을지 아니면 떠날지는 그들의 자유니까 말이죠. 펭!"

계약서에 명시된 내용만 살펴봐도 상단원에 대한 언급은 없었다.

그제야 상황을 이해한 용찬은 슬금슬금 눈치를 보는 지부의 상단원들을 쳐다봤다.

"네 말이 맞다 해도 당장 해결되는 것은 없을 텐데?"

"어이. 거기서 뭘 구시렁거리고 있어. 얼른 내 상단에서 꺼지라고."

"페페펭. 일단 놈이 원하는 대로 물러나 주도록 하죠."

이득을 취해도 절대 손해는 보지 않는 탐욕의 제피르 일족. 그중에서도 왕가의 일족이라 자부하는 위르겐이 다시금 머리를 굴리기 시작했다. 순간 첫 대면 때가 떠오른 용찬은 위르겐의 확신 어린 눈빛을 보며 기세를 지웠다.

"무슨 계획을 꾸미는지는 몰라도 기대되는군. 일단 물러나도록 하지."

"키엑!"

"키에엑!"

그렇게 불한당은 거리에 몰린 마족들의 시선을 받으며 바쿤으로 귀환했다.

룽 담에서 벌어진 두 마왕의 신경전. 한 상단을 놔두고 대치했던 병사들의 소문은 빠르게 전 지역으로 퍼져갔다.

마족들은 당사자와 관련된 두 가문의 반응을 기대했지만, 예상과 달리 공식적으로 입장을 표명하진 않고 있었다.

결국 제리엠이 접수한 더 페이서 상단은 막대한 투자금을 통해 활동력을 넓히기 시작했고, 바쿤은 얻은 것 하나 없이 상황만 지켜보는 상태였다.

"얼마나 긴 시간을 투자해 상단을 이끌었는데. 어찌 제게 이럴 수 있단 말입니까."

"그래서 이번 일 같은 경우 본부장의 독단적인 행동이었던 건가?"

"아마 그렇겠죠. 하아. 앞으로 더욱 발전할 수 있었던 더 페이서였는데 당장 눈앞의 이득에 눈이 멀어 이런 짓을 벌이다니. 그런 마족을 믿고 따랐던 제가 한심해지는군요."

상단에서 쫓겨난 로버트가 자신의 신세를 한탄했다.

본부장에게 배신당하며 한순간에 실직자가 된 더 페이서의 지부장.

안타까운 마음에 그레고리가 곁에서 어깨를 두들겨 주었지만, 한숨은 줄어들지 않았다.

그사이, 용찬은 복도에서 날개를 퍼덕거리고 있는 위르겐에게 의도를 물었다.

"자. 네가 원하는 대로 롱 담에서 물러났다. 이제 어쩔 셈이지. 위르겐?"

"페페펭. 간단한 것 아니겠습니까. 란드로스 구역에 속한 상단. 그 상단을 통째로 구매한 제리엠. 그리고 상단을 여기까지 이끌었던 유능한 인재 로버트의 실직까지."

"……음?"

연초를 입에 문 위르겐이 감고 있던 눈을 떴다.

"저희가 상단을 만들면 됩니다. 페엥."

"뭐?"

용찬의 얼굴이 당혹으로 물들었다. 최근 수행 과제 및 철광산을 통해 골드를 벌어들이고 있는 바쿤이지만 그만큼 투자 및 유지비용도 들어가고 있는 실정이다. 전보다 늘어났다곤 하나 가문의 지원도 그렇게 풍족하진 않은 상황.

"제게 다 생각이 있습니다. 일단 지켜만 보시죠. 페펭."

그런 가운데 독립적인 상단을 만든다는 것은 크나큰 무리수였지만, 위르겐은 신경도 쓰지 않고 로버트에게로 먼저 다가갔다.

"페펭. 로버트 님. 최근 가문전 소식 때문에 유독 시세가 오르는 물품이 하나 있지 않습니까?"

"으음. 굳이 있다면야 여러 가지가 있겠지만 그중에서도 특히 철 시세가 많이 오르더군요. 한데, 그것은 왜?"

"페페페펭. 그 정도면 충분합니다!"

마치 전쟁을 준비하듯 물자를 신경 쓰기 시작한 가문들. 그 부분을 파고든 위르겐은 다음 날이 되자마자 본격적으로 계획을 실행하기 시작했다.

가장 먼저 손댄 것은 시중에 유통되고 있는 철광석. 순도에 상관없이 껑충 뛰어버린 시세는 좀처럼 안정되지 않고 이리저리 변화를 보이고 있었다.

그리고.

"처, 철광석들을 대량으로 구매하자는 말씀이십니까?"

"그렇습니다. 최고의 이득을 취하기 위해선 우선적으로 투자를 할 필요가 있습니다. 페펭."

"하오나 현재 재정 상태로 그 정도 수준의 철광석들을 사들였다간 마왕성 유지에 큰 문제가 생길지 모릅니다."

"그것도 잠시일 뿐. 어떻게 생각하십니까. 마왕님?"

위르겐이 그런 철광석을 대량 구매하려 들었다.

[재정:1,205,391 골드]

등급업을 위해 꾸준히 축적해 온 바쿤의 재정. 그레고리와 마찬가지로 철광석 구매 건은 나름 부담이 갔기 때문에 용찬은 일순 고민하게 됐다.

'이놈의 성격상 손해 보는 투자는 하지 않을 것 같긴 한데. 도대체 무슨 생각이지?'

대충 의도를 예상해 본다면 철광석을 이용한 시세 조작 정도였지만 다른 가문이 그런 생각을 하지 못했을 리 없었다. 특히 바쿤과 다르게 수입원들을 잔뜩 차지하고 있는 가문들이지 않은가. 고작 해봐야 철광산 하나를 소유한 바쿤으로선 전혀 상대가 되지 못했다.

"아무리 생각해 봐도 다른 가문의 물량을 버티지 못할 것 같은데. 틀린가?"

"마왕님. 지금 저희에게 중요한 것은 엄청난 이득을 취하는 게 아니지 않습니까. 그저 상단을 만들 정도의 충분한 자금. 그 정도만 있으면 됩니다."

"……으음."

위르겐의 막대한 자신감이 느껴졌다. 정식 용병이 된 이상, 놈도 일부러 바쿤에 피해를 주진 않을 터.

"무슨 생각인지는 몰라도 한번 시도해 봐라."

"감사합니다. 페펭!"

용찬은 다시금 위르겐을 시험하는 입장으로 허가를 내주었다. 그렇게 철광석들을 대량 구매한 위르겐이 다음으로 찾아간 곳은 정보 길드였다.

"아하하하. 또 오셨군요. 환영합니다. 마왕님."

"환영하는 것치곤 표정이 좋지 않은데."

"그럴 리가요."

땀을 삐질삐질 흘리는 벤카의 지부장 다페스. 비록 규모가 가장 작긴 했지만, 정체를 숨기는데 이만한 장소가 또 없었다.

위르겐은 다짜고짜 철광산을 소유한 각 가문들의 정보를 요구했고, 놈은 의심스러워하면서도 보수를 챙기며 서류를 내주었다.

"갑자기 왜 이런 정보를 찾으시는지는 모르겠지만 일단 여기 있습니다."

"페페펭. 이 정도면 충분하겠군요."

"그럼 이만 가보지. 우리가 여기 왔다는 사실은……."

이번에도 어김없이 경고를 날리는 용찬.

'알았으니까 얼른 가라. 제발!'

다페스의 입장에선 천국과 지옥을 오가는 기분이었다.

그렇게 각 가문의 수입원 정보까지 입수한 위르겐은 바쿤으로 귀환하자마자 로버트에게 도움을 요청했다.

"허어. 대량 구매한 철광석을 이런 식으로?"

"페페펭. 로버트 님은 그저 유통 쪽으로만 도움을 좀 주시면 될 것 같습니다."

"확실히 이런 방식이면 손해 없이 수익을 늘릴 수 있겠군요. 알겠습니다. 비록 지금은 상단의 지부장이 아닌 신세지만 최대한 도움을 드리도록 하죠."

마침내 손을 잡은 마족과 제피르. 과연 둘이서 어떤 결과를 만들어낼지 지금으로선 전혀 알 수 없었지만 조금은 기대감이 생겼다.

'재력이란 것은 말이지. 한 번에 만들어지는 게 아냐. 또한 운만으로 쉽게 얻어 낼 수 없지. 과감한 투자? 그것도 좋다 이거야. 하지만 말야. 이게 가장 중요해. 시중의 흐름을 들여다볼 수 있는 이 눈. 그리고 빠질 때 빠질 줄 아는 고도의 판단력! 최소한 이 두 가지는 가지고 있어야 상업 방면에서 끝까지 살아남을 수 있다고.'

문득 한 명의 플레이어가 떠올랐다. 무력을 중시하는 하멜에서 유일하게 재력으로 살아남았던 1인. 과연 위르겐이 그 정도로 재능이 있는지는 알 수 없었지만 용찬은 우선 지켜보기로 했다.

"마왕님. 언제까지 화살 줍고 다녀야 해요? 새 화살은요?"

"……불평하지 마라."

물론 갑자기 가난해진 바쿤은 여러 가지로 사정이 많아지고 있었다.

"가주님. 이번 주수입원 보고입니다."

"음. 고맙네."

무려 수입원을 열네 곳이나 독점하고 있는 미우스 가문. 가주의 지시 속에서 꾸준히 관리해 온 덕분에 대상단 못지않게 수익을 올리는 중이었다. 그리고 오늘도 어김없이 집사 페란이 수입원 현황에 대한 보고를 올렸다.

"이번 주도 아주 괜찮은 결과로군. 따로 철광석도 계속 축적하고 있고. 조만간 시작될 가문전도 문제없겠어."

"예. 가주님께서 명하신 대로 일부 철광석들은 시세에 맞춰 꾸준히 유통시키는 중입니다."

"음음. 만족스러워. 철과 식량의 시세가 올라간 만큼 우리도 이 기회를 한껏 이용해 줘야겠지. 다른 문제는?"

"……문제 정도는 아니지만 최근 대량으로 철광석을 구매하는 자들이 있는 것 같더군요. 아직까지 출처는 파악되지 않고 있습니다."

수요는 많고 공급은 한정적인 시중이다. 특히 철과 식료품, 군수물자, 여러 광석 등등 가문전으로 인해 시세가 높아지다 보니 결국 수입원이 많은 일부 가문들만의 독식이 이어지고 있었다. 때문에 대형 상단들도 일찍이 유통 현황을 조사하며 시세가 오른 물품들에 대비하고 있었는데, 예상 못 한 불청객까지 끼어든 모양이었다.

베룽 미우스는 보고서에 적힌 금액을 보며 피식 웃었다.

"겨우 이 정도 수준으로 시세 조작은 턱도 없지. 무슨 생각인지는 몰라도 쓸데없는 시도야."

"저도 그렇게 생각했습니다만, 약간 이상합니다. 시세 조작을 노린 것이라면 보통 시중의 철광석이 떨어질 즘을 노려 대량으로 유통하는데 아직까지 그런 움직임은 보이지 않고 있습니다."

"흥. 그래 봤자지. 철광산이 무슨 일회용도 아니고 광석들은 매 시기마다 꾸준히 나오는데 어찌 그런 시기를 기다릴 수 있겠어. 게다가 우리 말고도 다른 가문들도 철광석을 몇 개씩이나 소유하고 있다고. 이런 시중 속에서 시세 조작은 불가능해."

마계 5대 가문만 해도 시중의 거의 절반은 차지하고 있다. 아마 철광석을 대량으로 구매한 놈들도 얼마 버티지 못하고 나가떨어질 것이다. 베룽은 그렇게 생각하며 보고서에 적힌 놈들의 행적에 그저 코웃음만 쳤다. 그리고 예상대로 얼마 지나지 않아 일부 철광석들이 거의 두 배의 값어치로 시중에 유통되기 시작했다.

"역시 예상했던 대로 시세를 거의 두 배로 띄워서 올렸군요."

"쯔쯧. 부질없는 짓이지. 곧 다른 가문들도 철광석을 풀기 시작할 거라고."

“그래도 이번 주는 5대 가문들 중 두 곳만 철광석을 유통시켜서 그런지 약간은 이득을 챙긴 것 같습니다.”

“으음. 운이 좋은 놈들이군.”

처음엔 단순히 시기가 좋게 겹쳐서 수익을 올린 것이라고 생각했다. 하지만 다음 철광석들이 유통될 때쯤엔 생각이 약간 바뀌게 됐다. 예상과 다르게 가격이 오른 철광석도 불티나게 팔려 나간 것이다.

“하. 이번에는 네 배?”

“예. 게다가 이번 주는 채굴되는 양이 얼마 되지 않아 유통된 철광석들이 적더군요. 아무래도…….”

“설마 이 자식들. 각 가문의 유통 시기를 미리 파악하고 시세를 조작하는 건가.”

“그런 것 같습니다.”

베룽은 속이 쓰렸지만, 유통량과 시기를 생각하며 어쩔 수 없다고 여겼다.

“끄응. 일단 우리도 시세에 맞춰 철광석을 유통시켜야겠어. 그리고 넌 따로 출처를 알아보도록 하거라.”

“알겠습니다.”

점점 쌓여가는 손실과 줄어드는 수량. 놈들은 끊임없이 철광석을 사들이며 유통이 적은 시기를 노렸고, 계속 시세를 조작하며 한꺼번에 대량으로 철광석을 유통시켰다. 그리고 마침

내 가문들이 막심한 피해를 느끼고 유통 시기를 조정하기 시작하자.

"뭐야. 이제는 아예 시세보다 가격을 낮춰서 유통시킨다고?"

놈들은 역으로 철광석을 이전 시세보다 낮게 잡아 유통을 하고 있었다. 결국 몇 배로 뛰어오른 시세에 각 가문들의 철광석은 좀처럼 팔리지 않는 상황이 됐고, 반대로 놈들이 올린 철광석은 순식간에 팔려 나가며 수익을 올리게 됐다.

"페린. 출처는 파악하지 못한 거냐?"

"죄, 죄송합니다. 몇 차례 확인된 곳이 있긴 했지만 전부 위치가 달라서 제대로 파악이 안 되는 상황입니다."

"……젠장. 이놈들. 아예 처음부터 치고 빠지는 것을 노렸어!"

어느 정도 시세가 조정됐다고는 하나 기존의 가격보단 훨씬 높은 철광석이었다. 각 가문의 유통 시기와 유통 수량에 맞춰 계획을 실행한 정체불명의 놈들. 만약 계속해서 시세 조작을 시도했다면 오히려 막심한 손해를 입으며 파산했겠지만, 욕심을 버리고 적절한 시기에 빠진 결과 나름의 이득을 챙기며 달아나는 데 성공한 상태였다.

결국, 시중의 흐름은 다시 자신들에게로 돌아오겠지만 그렇다고 몇 주간 쌓인 손해가 없어지는 것은 아닐 터.

"약삭빠른 놈들. 후우, 어쩔 수 없지. 일단 다신 이런 일이 벌어지지 않도록 수량과 유통 시기를 꾸준히 조정할 수밖에."

"알겠습니다. 가주님."

가주들은 이런 치고 빠지기식 수법에 좀 더 경계심을 높이며 시세 조작에 대한 대비를 철저히 갖추기 시작했다. 그렇게 일련의 시세 조작 소동은 끝내 범인을 찾지 못한 채 마무리되어 가고 있었다.

마계의 대표적인 유통망은 무역 중계소에 위치한 포탈 형식의 거래소다. 마치 시스템처럼 구조화된 자동 거래소는 마법으로 형성되어 따로 중계인을 이용할 필요 없이 물품을 등록하거나 취소, 낙찰, 거래, 리스트 확인 등등 여러 가지 기능을 사용할 수 있었다.

그런 고도의 기술력답게 가장 먼저 상용화를 시도한 것은 마계 위원회 측이었고, 지금은 마계 전체로 널리 퍼져 각 도시에 위치해 있는 상태였다.

"페펭. 아슬아슬 하긴 했지만 그래도 웬만큼 이득은 취했습니다."

"원래라면 손해를 면치 못하고 무조건 실패했을 시세 조작을 이렇게 성공시키시는군요. 가문 수입원들의 유통 시기와 수량을 일일이 파악한 것도 놀랍지만 빠질 순간까지 미리 계산하고 계셨다니. 놀라울 따름입니다."

한동안 각지의 거래소를 오가며 철광석을 판매한 위르겐과 로버트. 예상했던 대로 시세 조작을 시도한 것인지 처음에 가지고 있던 철광석들은 모조리 사라져 있었다.

하지만.

"우왓. 골드 밭이다!"

"키, 키에엑?"

"키에엑!"

걱정했던 것과 달리 계획의 첫 단계는 무사히 성공시킨 모양이었다. 용찬은 거의 두 배로 불어난 재정을 보며 물었다.

"……다시 한번 네 능력에 놀라게 되는군."

"페페펭. 과찬이십니다."

"그래서. 바쿤이 독립적으로 상단을 만든다는 것은 도대체 무슨 소리지. 굳이 무리를 하면서까지 투자를 할 필요는 없을 텐데. 다른 상단이나 가문들도 있지 않나?"

물론 플레이어 아이템 및 주문서에 대한 조건이 달리긴 하겠지만 상단은 널리고도 널렸다. 게다가 가문의 지원을 받아 로버트를 중심으로 상단을 키우는 것도 충분히 가능한 일. 하지만 위르겐의 생각은 좀 달랐다.

"마왕님. 좀 더 길게 보셔야 합니다. 마왕성이 계속 성으로만 남는 것은 아니지 않습니까. 로버트 님의 재능은 확실히 상단 운영 쪽으로 매우 뛰어납니다. 지금부터라도 천천히 투자를 하며 준비한다면 차후에 정보력과 상업력을 동시에 챙길 수도 있을 겁니다. 페펭."

"으음. 확실히 마왕성이 끝까지 성으로만 남는 것은 아니지. 하지만 당장 투자를 한다 해도 상단을 운영할 인원이 부족할 텐데?"

잠시 C급 이상의 마왕성들을 떠올리던 용찬이 가장 중요한 문제를 언급했다.

스읔.

앙증맞은 날개 사이로 잡히는 연초.

위르겐은 한껏 여유를 부리며 연기를 내뿜었다.

"마왕님. 제리엠. 그놈을 잊으셨습니까. 저는 절대 손해를 보지 않는 성격입니다. 페펭."

"폼 잡지 말고 얼른 말해. 쥐어 터지기 전에."

"페페펭. 유일하게 상단을 지탱하던 로버트 님. 그리고 로버트 님이 빠지고 제리엠이 독재하는 더 페이서 상단. 과연 그 상단이 잘 돌아가실 것이라고 보십니까?"

"얼마 가지 못하고 무너지겠지. 하지만 그렇다고 해서 상단원들이 우리 쪽으로 온다는 보장도 없을 텐데?"

"전원 모조리 다 끌어올 필요는 없습니다. 그저……."

위르겐의 고개가 로버트 쪽으로 돌아갔다.

"로버트 님을 따르던 지부의 상단원들만 데려오면 끝나는 일입니다. 펭."

그 시각, 더 페이서 상단 본부.

"하. 이 실적은 도대체 뭐냐. 기껏 전 재산을 쏟아부으며 투자해 주었는데 겨우 이 정도밖에 못 한다고?"

"수, 순전히 헨드릭 프로이스에게 복수할 목적으로 상단을 구매하신 게 아니셨습니까. 제리엠 님?"

"크윽. 그래도 정도가 있지. 이런 실적이면 얼마 가지 못해 파산이야. 빌어먹을. 소형 상단에게 그리 기대한 것도 아니었지만 이 정도일 줄이야."

보고서에 기록된 한심한 실적들.

최근 며칠 사이 상단원들의 활동력이 부실해지면서 벌어진 일이었다. 본부장은 흉포한 기세로 들이닥친 제리엠을 보며 몸을 벌벌 떨었다.

'겨우 한 명이 사라진 것뿐인데 그 빈자리가 이렇게도 클 줄이야. 도대체 어떤 변명을 해야 하지?'

평소라면 로버트가 곁에서 조언해 주었을 터. 뒤늦게 상단을 버린 자신의 선택에 깊은 후회가 밀려왔지만 때는 이미 늦어 있었다.

"제, 제리엠 님. 큰일 났습니다. 지부의 상단원들이 갑자기 단체로 사직서를 내고 지부를 뛰쳐나갔습니다!"

"뭐라고?"

엎친 데 덮친 격이라고 했던가. 그나마 계약 건을 따내고 있던 지부마저 등을 돌리고 말았다.

"아니, 그놈들이 갑자기 왜 나가. 골드도 그럭저럭 잘 챙겨주고……."

"……."

"잠깐만. 그동안 내가 쥐여준 투자금은 다 어쨌어. 처음에 구매 계약금으로 쥐여준 골드도 꽤나 됐을 텐데. 다 어디로 간 거냐고!"

헛기침을 하며 눈치를 보던 본부장의 멱살이 단숨에 끌어올려졌다. 탐욕에 눈이 먼 성격을 알기에 몇 번이나 엄포를 놨던 기억들. 하지만 제리엠의 위협적인 살기에도 본부장은 찔리는 것이 있는지 쉽사리 입을 열지 못했다.

"……설마 벌써 탕진한 거냐?"

"그, 그게!"

"이 빌어먹을 새끼가. 감히 내 명령을 어겨?"

콰앙!

육중한 덩치가 그대로 벽에 처박힌다. 투자금으로 쥐여준 백만 단위의 골드도 아마 저 불룩한 배로 들어갔을 것이다. 인간과 동일하게 마족의 본성 또한 바꿀래야 쉽게 바꿀 수 없는 성질. 그제야 제리엠은 자신이 증오에만 사로잡혀 너무 안일했다는 것을 깨달았다.

"크윽. 내가 저딴 돼지 놈을 믿고 상단을 맡겼었다니. 이럴 때가 아니지. 모두 따라와!"

"츠으으. 알겠습니다."

"취익. 취익!"

란드로스 고유의 특성은 신속. 비록 예기치 못한 선제공격으로 인해 드러난 적은 없었지만, 전투 외에 이동 수단으로도 자주 사용되는 버프 계열 효과였다. 그렇게 병사들과 함께 지부로 찾아간 제리엠은 도착하자마자 입구에 몰려 있는 상단원들을 보게 됐다.

"이 자식들. 다들 여기서 뭣들 하는 거야. 얼른 들어……."

"네가 무슨 권리가 있다고 상단원들의 행동까지 간섭하는 거지?"

"헨드릭 프로이스!"

상단의 마족들 사이로 바쿤의 병사들이 모습을 드러냈다.

단단히 연장을 챙기고 온 불한당 부대 앞으로 천천히 걸어 나오는 또 다른 마왕. 제리엠은 붉은 날개를 펄럭이며 용찬에게로 한껏 분노를 드러냈다.

"이 상단을 내가 샀다고. 이제 내가 주인이야. 그런데 간섭? 웃기지 말라고!"

"아니, 분명 너에게 상단원까지 좌지우지할 권리는 없어. 네가 쓴 계약서를 다시 잘 읽어보도록 해."

"아까부터 무슨 헛소리를 지……."

"그리고 가장 중요한 것은 지부의 상단원들이 먼저 로버트를 따르기로 결정을 내렸다는 거지. 안 그런가?"

"끄아아아! 헨드릭, 헨드릭, 헨드리이이익!"

한낱 망나니였던 최하위 서열의 마왕. 하지만 평가전의 패배를 시작으로 르네의 밤에서까지 용찬에게 치욕을 당하며 증오심은 더욱 증폭되어 있었다.

오직 복수 하나만을 위해 가문의 지원까지 쏟아부으며 상단을 구매했던 것이건만. 이젠 무력이 아닌 다른 부분으로까지 상황을 역전 시키며 자신을 비참하게 만들고 있었다.

"네놈만큼은, 도저히 용서 못 해. 그래, 미첼에서 마주칠 때부터 마음에 안 들었다고. 하급 마족 주제에 그런 눈빛으로 날 쳐다보다니. 프로이스 가문만 아니었으면 진작 길바닥으로 나앉았을 놈이!"

파지지직!

날개를 펄럭이며 검을 든 채 돌진하는 제리엠.

"한 가지 알려주마. 그렇게 증오심에 사로잡혀 현실을 자각하지 못하면……."

"죽어. 헨드릭 프로이스!"

미리 뇌보를 시전 중이던 용찬의 양손에서 번개가 일었다.

그리고 마력이 실린 검이 일직선으로 쇄도하는 순간.

콰콰쾅!

"끄어어억!"

한 줄기의 빛처럼 정면으로 라이트닝 볼텍스가 작렬했다.

털썩!

결국 제리엠은 제대로 공격조차 성공시키지 못하고 바닥으로 쓰러지고 말았다. 주위에 몰려 있던 롱 담의 주민들은 입을 떡 벌리며 당황했고, 연장을 쥐고 있던 칸과 켄은 자연스럽게 언노운의 병사들을 위협하고 있었다. 용찬은 가뿐히 손을 털며 혼절 상태의 놈을 내려다봤다.

"이렇게 무력하게 당하기만 하는 거다. 잘 기억하고 있어라."

"츠, 츠으으. 제리엠 님!"

"키에에엑!"

급히 달려오던 샤카루의 앞을 칸과 켄이 막아섰다. 전보다 더욱 성장해 D급 중에서도 상위권에 위치해 있는 두 마리의 고블린. 평가전 이후 D급이 된 샤카루였지만 기세에서부터 턱없이 밀렸다. 그리고 용찬이 놈 쪽으로 제리엠의 몸을 걷어차며 말했다.

"알아서 데려가라. 그리고 한 번 더 경고하지만……."

"츠, 츠으!"

"다신 내 앞에 얼씬도 거리지 마라."

몇 십 차례나 생과 사의 경계를 오가며 누적된 살기.

리자드맨으로서의 본능이 경고하고 있었다.

"츠, 츠에에엑!"

"취, 취이익!"

"컹컹!"

결국 샤카루는 제리엠을 등에 업은 채 병사들과 함께 줄행랑을 쳤다.

"서열 50위에 안착했다고 하더니 기세부터 완전 살벌하잖아."

"이젠 망나니라고 볼 수도 없겠어. 대단해!"

"저게 진정한 마왕의 자세지. 그에 비해 제리엠은 영 글러 먹었어!"

란드로스의 구역임에도 불구하고 마족들이 감탄사를 보냈다.

오직 진정한 강자만을 열광하는 종족으로서의 본능.

"으흐흐흑. 지부장님. 역시 저희는 지부장님이 없으면 안 되는 것 같습니다!"

"앞으로도 쭉 지부장님을 모시겠습니다!"

"지부장님이 없으니까 상단 자체가 안 돌아가더군요. 본부장 놈은 자기 욕심 채우기 바빠서 매일 놀러 다니질 않나!"

그 사이, 상단원들은 안도의 한숨을 내쉬며 로버트와 감격의 재회를 맛보았다. 이것으로 더 페이서 상단과 관련해 대부분의 문제는 해결이 된 상황. 이제 남은 것은 상단의 재설립이었다.

"우선 바쿤으로 돌아간다. 다들 따라와라."

두 번씩이나 룽 담에서 대치전을 벌인 바쿤과 언노운. 상단 관련 문제로 다시금 바쿤이 물러날 것이라 예상했던 마족들이었지만, 이전과 달리 통쾌하게 제리엠을 때려눕히며 뜻밖의 설욕전이 펼쳐졌다.

"분명 상단을 사들였다고 하지 않았었나. 한데, 이게 어찌된 일이야. 그것도 우리 가문의 영역에서!"

아들이 까맣게 타버린 채 가문으로 실려오자 제슈언의 분노는 극에 달했다. 란드로스 가문은 즉시 마계 위원회를 끌어들여 조사에 착수했고 얼마 지나지 않아 사건의 진상이 드러나게 됐다.

"으음. 계약서에 명시된 내용 중에서 상단원들에 대한 얘기는 없군요. 지부의 상단원들이 이탈해 바쿤 쪽으로 넘어간 것이라면, 상단과 관련 없는 개인적인 충돌로 볼 수밖에 없습니다."

"만약 그렇다고 쳐도!"

"목격자들의 증언을 들어보면 제리엠 님이 먼저 선제공격을 취하신 것 같더군요. 어쩌시겠습니까. 이대로 조사를 계속 진행할까요?"

"……."

란드로스 가문의 영역이라고 해도 정해진 위원회의 법칙을 어길 순 없는 노릇. 상황이 불리해진 것을 알아차린 제슈언은 할 수 없이 상단 관련 문제에서 발을 뺄 수밖에 없었다. 그렇게 가문의 반발이 사라지자 다음으로 문제가 터진 것은 더 페이서였다.

"지부와 본부의 상단원들이 동시에 사직서를 내고 도망칠 줄이야. 아이고. 난 이제 망했다!"

상단원은 다 도망치고 홀로 남게 된 본부장. 뒤늦게 란드로스 가문이 거의 파산 직전이던 상단을 헐값에 팔아버리자 그는 자연스럽게 길바닥 신세가 되었다. 그리고 껍데기만 남은 더 페이서는 간단한 경매를 거쳐 다른 마족에 손에 들어가게 됐는데.

"페페펭. 매우 싸게 상단을 다시 손에 넣게 됐군요."

"……처음부터 이런 것까지 예상하고 있던 거냐."

"물론입니다. 펭!"

그자는 다름 아닌 용찬이었다.

'제리엠의 복수를 역이용해 상단을 물갈이하고 로버트와 함께 쓸 만한 상단원들만 데려온 셈이야. 그 짧은 순간에 이런 계획을 세우다니…….'

비록 껍데기만 남은 상단이었지만 로버트를 필두로 상단원들에게 꾸준한 투자를 해준다면 얘기는 달라질 것이다. 게다가 투자금을 제외한다 쳐도 기존의 금액보다 두 배 이상은 재정이 불어났지 않은가.

용찬은 위르겐을 재평가하며 눈앞의 마족들을 쳐다봤다.

“저희 상단을 도와주셔서 진심으로 감사드립니다. 앞으로 성심껏 헨드릭 프로이스 님을 보필하도록 하겠습니다.”

“저희도 마찬가지입니다.”

“감사합니다. 마왕님!”

바쿤에서 다시금 부활한 더 페이서 상단.

로버트와 상단원들의 충성 어린 시선이 한껏 느껴졌다.

‘확실히 바쿤 고유의 상단이 되면 내가 원하는 방식대로 상단을 굴릴 수 있겠지. 아직 제 기능은 못 하지만 한동안은 지켜볼 만하겠어.’

점점 발판이 만들어져 가고 있는 바쿤이었다.

용찬은 새로 합류한 상단원들을 흡족히 바라보며 그레고리를 불렀다.

“병사들 전원에게 알려라.”

“예. 말씀만 내려주십시오. 마왕님.”

단숨에 무릎을 꿇고 고개를 조아리는 충직한 집사.

바쿤의 마왕은 광기로 가득한 미소를 지으며 지시를 내렸다.

“다음 목표는 40위다.”

To Be Continued

Wish Books
무공을 배우다
목마 퓨전 판타지 장편소설
WISHBOOKS FUSION FANTASY STORY
"무(武)를 아느냐?"
잠결에 들린 처음 듣는 목소리에 눈을 떴을 때,
눈앞에 노인이 앉아 있었다.
"싸움해 본 적 있나?"
"없는데요."
[무공을 배우다.]
20년 동안 무공을 배운 백현,
어비스에 침식된 현대로 귀환하다!
'현실은 고작 5년밖에 지나지 않았다고?'